PRIMAVERA DE LUTO

Juan José Millás

PRIMAVERA DE LUTO

ALFAGUARA BOLSILLO

ALFAGUARA

1999, Grupo Santillana de Ediciones, S. A.
Torrelaguna, 60. 28043 Madrid
Teléfono (91) 744 90 60
Telefax (91) 744 92 24
www.alfaguara.com

• Aguilar, Altea, Taurus, Alfaguara S. A.
Beazley 3860. 1437 Buenos Aires
• Aguilar, Altea, Taurus, Alfaguara S. A. de C. V.
Avda. Universidad, 767, Col. del Valle,
México, D.F. C. P. 03100
• Distribuidora y Editora Aguilar, Altea,
Taurus, Alfaguara, S. A.
Calle 80 Nº 10-23
Santafé de Bogotá, Colombia

ISBN: 84-204-7834-2
Depósito legal: M. 45.536-1998
Impreso en España - Printed in Spain

ÍNDICE

EL PEQUEÑO CADÁVER DE R. J.

El invierno pasado falleció el conocido autor de novelas R. J. Su muerte fue noticia de primera página; su entierro constituyó un acontecimiento social de primer orden. Acudieron a él el ministro de Cultura, el vicepresidente del Gobierno, la esposa del presidente, así como los más altos cargos representantes de las numerosas instituciones —públicas y privadas— relacionadas directa o indirectamente con la cultura, y cuyo entramado da lugar a uno de los tejidos más polvorientos del enorme sudario bajo el que se desenvuelve la existencia creadora.

La representación extranjera estuvo compuesta por embajadores, agregados de cultura, un par de ministros europeos y numerosos editores de todo el mundo, que aprovecharon la coincidencia de que pocos días después se celebraba en esta ciudad un importante encuentro internacional para matar así dos pájaros de un tiro.

En fin, a qué abundar en esta enumeración de asistentes que acabaría convirtiéndose en una torpe e imperfecta relación de olvidos. Demasiadas complicaciones protocolarias tuvieron ya los organizadores del entierro para que yo, que desconozco la distancia jerárquica entre un subsecretario y un director general, venga ahora a reproducir las numerosas descortesías oficiales que, a decir de muchos, se perpetraron en aquella fiesta mortuoria.

El suceso está en la memoria de todos y se puede, por tanto, despachar en pocas líneas. Sí me gustaría destacar, sin embargo, una rareza que pasó inadvertida a los numerosos cronistas que cubrieron esta información y al público en general; me refiero al hecho de que la mayoría de los asistentes de primera fila iban total o parcialmente disfrazados con uniformes de todos los colores, de cuyas pecheras pendían numerosos e incomprensibles símbolos de metal o de tela. El cadáver de R. J. había sido cubierto con un traje especial perteneciente a algún colegio o corporación que no conozco. No es necesario recordar que la capilla ardiente fue instalada en la sede de la Real Academia, desde donde partiría el cortejo fúnebre, ni el desagradable espectáculo que allí se dio cuando se produjo el aviso de bomba, que constituyó uno de los platos fuertes de la noticia.

He de confesar que esta reprobable acción fue obra mía. No pude resistirlo. Cuando observé a aquellos señores y a aquellas damas cuchichear en torno al túmulo de R. J., luciendo absurdos vestidos y enigmáticas condecoraciones, imaginé lo que sería verlos salir en tropel a la calle y disfrutar de la expresión de sus rostros. Pensé que de ese modo quedaría anulado el artificio de los trajes que, como todo disfraz, no tenían otro objeto que disimular u ocultar la verdadera naturaleza de quienes los llevaban. Luego pensé también que esta proliferación de uniformes no hacía sino delatar una de las carencias más penosas de los seres humanos: su radical falta de identidad; si fuéramos efectivamente quienes decimos ser, o si cada uno de nosotros constituyéramos realmente un ser completo, un individuo, no sería preciso revestirse de atributos externos, ni de medallas o certificados que lo proclamaran de forma tan ruidosa. Pero ya me referiré a esto más adelante.

El caso es que salí de aquel recinto, y desde una cabina telefónica di un aviso de bomba. Luego me situé en un lugar estratégico y comencé a ver rostros y uniformes discretamente evacuados por los servicios de seguridad de las numerosas autoridades allí congregadas. Entonces, para neutralizar tal discreción, hice correr la noticia entre el público indiferenciado de la calle. En seguida comenzaron a producirse algunas carreras que desorganizaron la trama dispuesta para las honras fúnebres. Algunos de los disfrazados perdieron de forma transitoria la compostura ante la ineficiencia policial, lo que acentuó la sensación de mascarada y contribuyó a trivializar la escena.

Con todo, lo mejor fue cuando alguien advirtió que el cadáver de R. J. no había sido evacuado, por lo que, de ser cierta la amenaza, los restos de nuestra gloria nacional saltarían hechos pedazos por los aires, dejando a todos compuestos y sin difunto. De inmediato fueron enviados al interior del edificio media docena de escoltas, que salieron al poco con aquel féretro excesivo, dentro del cual bailaba, golpeándose contra sus mullidas paredes, el pequeño cadáver del insigne escritor. De manera que también R. J. acabó por perder la compostura antes de desaparecer del todo. Confieso que sentí cierta piedad por aquel hombre que de modo enigmático me había arrebatado la gloria, así como el soporte sobre el que en otro tiempo había reposado el proyecto de mi felicidad personal.

No ignoro que esta confesión, dada la proximidad de los hechos, podría dañar seriamente mi imagen, con independencia de las responsabilidades penales a que pudieran dar lugar los desórdenes públicos que provoqué. Ninguna de las dos cuestiones me preocupa. Carezco de imagen o, en todo caso, se trata de una imagen minusválida e incapaz, por tanto, de proyectarse y ser recogida en un soporte visible. Además, qué sentido tendría molestar a un anciano de casi ochenta años que pronto estará listo para reunirse con R. J., donde quiera que éste se encuentre.

Por otra parte, si alguien estaba autorizado a gastar una broma de este tipo, era yo, sobre todo si consideramos que el pequeño cadáver arrugado, que yacía en el fondo del acolchado féretro, era, en alguna medida, y por lo que a continuación explicaré, el mío.

Hace ya muchos años que perdí la voluntad, y con ella la capacidad de elegir unas cosas y rechazar otras; carezco de intenciones y, por tanto, de ambición. No comprendo la loca carrera de los hombres en busca de un destino personal que no existe o de una individualidad que, en el mejor de los casos, es un mero artificio incapaz de tapar la falta de sustancia que, como un agujero, nos traspasa. La propia identidad, y sus pobres distintivos, no pasa de ser, en mi opinión, una ingeniosa construcción verbal, útil para crear sociedades, establecer jerarquías y levantar así edificios, trazar autopistas o plantar semáforos. Pero todo ello no justifica la pasión con la que el cardenal tiende al papado, el militar al generalato, o el escritor al Nobel.

Valgan las líneas anteriores para señalar que debajo de esta declaración que ahora inicio no se esconde ningún deseo de venganza, ni mucho menos de reivindicación de una gloria que a estas alturas de la vida me proporcionaría más incomodidades que otra cosa. Con todo, algunos pensarán que me mueve a escribir un impulso mezquino, un movimiento ruin, que resume y magnifica al tiempo mi fracaso. No es eso, pero no negaré —si ello ha de producir alguna satisfacción— que algo de placer voy encontrando, a medida que escribo, en esta historia que no habría hecho pública jamás si el propio R. J. no me lo hubiera pedido en su lecho de muerte. Quien quiera calificar de miserable ese placer, que se mire a sí mismo, que contabilice las miserias de su propia existencia, y con ellas el número de mezquindades que hubo de perpetrar no ya en la consecución de aquellos logros importantes, sino en el humilde y cotidiano ejercicio de ganarse la vida.

Pues bien, lo cierto es que a los pocos días de ser ingresado en el sanatorio del que habría de salir sin vida, R. J. me mandó llamar a través de un amigo. Cuando entré en la habitación ordenó salir a todos con su voz aflautada y me miró fijamente desde aquellas bolitas blanquecinas y llorosas en que se habían convertido sus seductores ojos. La mirada tuvo la calidad de una entrega, pero también de una invocación que me hizo revivir en segundos la complejidad en que se habían desenvuelto nuestras vidas, nuestras dos vidas anudadas, formando un solo bulto, un tumor, a punto ya de desatarse para siempre.

—¿Cómo estás? —pregunté observando la cabecera de la cama, recorrida por tubos de todos los tamaños.

—Se acabó —dijo—, y no lo siento. De manera que podríamos decir que no estoy mal. Si estos cabrones no me prolongan demasiado la tortura, la cosa puede resultar apasionante o, por lo menos, entretenida. Veo cosas e ideas, colores y formas que nunca sospeché.

—¿Tienes dolores?

—Dolores, no; me dan morfina cada vez que suspiro. Pero siento nostalgia de ti y de mí, como si hubiera una cuenta pendiente entre nosotros.

—No nos debemos nada —respondí en voz baja, como si el tono de mi voz tratara de poner en cuestión lo que afirmaba.

R. J. se revolvió en su inmensa cama. La enfermedad había reducido notablemente su tamaño. Era diez años más joven que yo, pero parecía más viejo. Me senté en una silla situada junto a la cabecera y observé su perfil de tortuga, repleto de surcos y de grietas que descendían hacia el cuello, donde se producía una excesiva acumulación de piel, cuyos pliegues evocaban los de un calcetín derrumbado sobre el tobillo de su dueño.

—Escucha —dijo—, quiero que manipules mi posteridad. Estoy seguro de que sabrás hacerlo de la manera más adecuada. Cuéntalo como quieras, de la forma que más te guste a ti.

—Estoy muy viejo —respondí—. Lo que me pides exigiría un gasto de energías de las que no dispongo. ¿Qué sacaríamos, además, de todo ello?

—No sé —dijo como desde otro lado—. Es por curiosidad. Me gustaría ver qué pasa. ¿Sabes?, cuando ya se está cerca del abismo, uno tiene la impresión de que las cosas no se acaban. Mírame bien: parezco en cierto modo una crisálida, un insecto en fase de metamorfosis; me siento muy alejado de todo, como en el interior de un capullo del que pronto saldré para alcanzar mi estado perfecto. Desde ese estado, quisiera ver qué pasa con nosotros.

Abandoné el sanatorio con una sensación de ligereza sorprendente, como si alguna parte de mi propia vejez se hubiera quedado allí, junto al cuerpo de R. J. Decidí, naturalmente, no hacerle caso, pues juzgué que sus impresiones eran producto de las drogas. Hacía frío, pero conseguí caminar medio kilómetro antes de detener un taxi.

Al día siguiente, los periódicos dieron la noticia de su muerte. Había fallecido durante la madrugada, en pleno tránsito hacia el amanecer. En la primera página, bajo los llamativos titulares, había una foto a tres columnas, en la que se veía al anciano moribundo, en su lecho de muerte, y junto a él a nuestro joven ministro de Cultura imponiéndole todavía una condecoración sobre el pijama.

Por mi parte, supe que me había quedado solo en este amargo mundo, que desde hace ya mucho tiempo me parece un circo inacabable.

Razones de salud que a nadie interesan, pero que en todo caso terminarán conmigo antes de que el próximo otoño nos alcance, me han hecho reconsiderar, unos meses después de su fallecimiento, la propuesta de R. J. La verdad es que todavía no me siento, como él, en el interior de un capullo, pero mi cuerpo se parece cada día más al de la última fase de las larvas. Conviene, pues, antes de que la seda del dulcísimo ataúd aprisione mis miembros, dejar las cosas arregladas, siquiera sea para no lamentar en el último instante haber sido incapaz de atender la demanda de quien vivió de mí pero también de quien proporcionó a mi vida la posibilidad de ejercer esa extraña pasión de la escritura.

Seré breve y exacto, ya que en esta serie de fases aparentemente sucesivas, que conduce a la corrupción de los cuerpos, una de las primeras cosas en caer —tras el cabello, la carne y el deseo— es el gusto por la ambigüedad literaria. Vayamos, pues, al grano, al bulto, a la cuestión que nos devolverá al punto de partida tras un viaje circular que sin duda carece de sentido.

Conocí a R. J. cuando tenía treinta años y él comenzaba la veintena. Por aquella época yo había publicado una novela y un volumen de relatos breves que la crítica saludó con mayor entusiasmo que el público lector. En cualquier caso, era una promesa de la que se hablaba con fervor en determinados círculos literarios. No diré que me persiguieran los editores, pero me había ganado su respeto y comenzaban a llegarme algunas ofertas de interés.

Cierto día fui invitado a dar un par de charlas en la Facultad de Letras de nuestra ciudad. Salí bastante bien de la primera, pues aunque los estudiantes eran dogmáticos y con frecuencia hacían juicios excesivos, mi dogmatismo era por entonces mayor y estaba reforzado, además, por una cantidad de información de la que ellos carecían. Tras el coloquio, cuando ya estaba dispuesto a marcharme, se me acercó un joven —el mismísimo R. J.— que, con maneras tímidas y cautelosas, me dijo que quería ser escritor. Le animé a ello con las frases habituales y le firmé un ejemplar de mi novela.

Entonces, el joven R. J. sacó unos folios de su cartera y me los entregó con rubor. Se trataba de un cuento que había presentado a un importante concurso literario —el mismo al que me había presentado tres veces en los últimos años, sin llegar siquiera a la final—, y pretendía que lo leyera y que le diera mi opinión. Al día siguiente tenía que volver a la facultad para completar las dos conferencias contratadas, de manera que le prometí mirarlo esa noche y emitir sobre él un juicio sincero.

Leí el relato sin salir de mi asombro, porque era un relato mío, publicado años atrás en una revista de escasa tirada que no sobrevivió al segundo número. A decir verdad, era un cuento de encargo, escrito de forma apresurada y plagado de ingenuidades literarias. Nunca sentí por él el menor afecto.

Tuve dudas sobre la actitud que debía adoptar frente a R. J. Finalmente, decidí que cederle el relato podría ser un modo de desprenderme de un mal producto que podría manchar mi todavía breve carrera de escritor. No negaré que en el descaro de R. J. había algo que me sugestionaba, como si se tratara de un juego literario del que yo habría de obtener, al final, los mayores beneficios. Es más, aquella noche, dándole vueltas al suceso, se me ocurrió una historia para un cuento que no llegué a escribir, y que recorrería mi vida para acabar por convertirse en este informe.

Al día siguiente le devolví los folios a R. J. y le expresé mis dudas sobre las bondades del relato. Tenía —dije— los defectos típicos de toda obra primeriza, pero se advertían en él algunos destellos de gusto literario en los que debería intentar profundizar. Añadí que no debía desanimarse si no ganaba el concurso, pues se trataba de un premio demasiado importante, al que solían presentarse los autores consagrados de la época.

R. J. escuchó con humildad mis opiniones y agradeció sinceramente los ánimos que traté de infundirle. Lo que más me sorprendió es que en ningún momento, y pese a las dos o tres oportunidades que le di, intentara establecer una complicidad que, aunque de forma implícita, delatara su juego. Por el contrario, actuaba como si el cuento fuera realmente suyo, por lo que llegué a dudar de mí mismo, y esa noche busqué la revista donde lo había publicado, y donde aún permanecía, amarillento y sucio, pero con mi firma. Decidí que R. J. era un loco y sentí cierta aprensión por haber entrado en su juego de ese modo.

A los pocos días, leyendo el periódico, me encontré con la foto de R. J. en las páginas de cultura. Había ganado con mi cuento el premio literario y respondía con cierta inteligencia narrativa a las preguntas de un entrevistador trivial.

El juego continuaba. Sonreí con estupor y me guardé el secreto.

Durante los siguientes años, R. J. alcanzó cierta notoriedad. Publicaba artículos bien hilvanados, aunque bastante artificiosos, en el periódico más importante del país. Participaba, además, con éxito en todas las mesas redondas y acontecimientos literarios de alguna relevancia. Pero no había vuelto a escribir ningún relato, aunque se decía que llevaba años trabajando en una novela cuyo éxito sería definitivo para la consolidación de su prestigio. Era, pues, uno de esos sujetos que viven en los aledaños de la literatura y que, por una rara habilidad, acaban por ser aceptados como novelistas, aun sin haber publicado ningún libro.

En cuanto a mí, había escrito y publicado tres o cuatro novelas más, que fueron bien recibidas por la crítica, pero con las que no conseguí romper tampoco esa barrera detrás de la cual se encuentra el mundo de las grandes tiradas. No obstante, gozaba de un sólido prestigio en los ambientes universitarios y mi presencia era requerida en congresos y encuentros de todo tipo. Tenía entonces cuarenta años y —en la opinión de mis editores, compartida por mí— estaba a punto de dar ese difícil paso que convierte a un novelista en un hombre público. Ese lugar, el más codiciado por los escritores, significa estabilidad, dinero, fama y, con un poco de suerte, desde él se da el salto a la gloria.

Pues bien, por aquellos días se celebró en un país centroeuropeo un importante congreso internacional de escritores al que fui invitado. Coincidí en el tren con R. J., que, a pesar de su juventud y de sus escasos méritos, había conseguido de algún modo que su presencia fuera reclamada en dicho encuentro. En los últimos años nos habíamos visto de forma ocasional en diversas presentaciones de libros y otros sucesos literarios de semejante índole, pero nuestra relación era más bien superficial. Desde luego, ninguno de los dos mencionó nunca el asunto relacionado con mi cuento.

El viaje era largo, por lo que tuvimos tiempo para intercambiar opiniones y trabar cierto conocimiento. La personalidad de R. J. tenía aspectos detestables, pero sobre ellos se alzaba una capacidad de fascinar que aún no he olvidado. Sus párpados superiores —quizá por algún defecto de la membrana— parecían algo pequeños en relación con el globo ocular que debían cubrir, por lo que mantenían una tirantez que daba a su mirada un tono incomprensible y misterioso con el que conseguía seducir imperceptiblemente. Sus labios eran finos, pero bien formados, y transmitían esa sensación de crueldad de algunos cardenales en las pinturas del Renacimiento.

Por aquella época yo bebía bastante, lo que me hacía cometer algunas imprudencias. Habíamos comido en el vagón restaurante, y en la sobremesa me sentía feliz frente a aquel aspirante a novelista. Comentamos nuestras respectivas ponencias. La suya giraría en torno al viejo tema de las relaciones entre literatura y realidad, pero parecía muy bien estructurada y deduje de sus palabras que habría en ella aportaciones originales de cierto valor. El tema estaba de moda, lo que le aseguraba por lo menos una interesante polémica.

La mía era menos ambiciosa, pues no había tenido la tranquilidad ni el tiempo necesarios para prepararla. Estaba escrita en veinte folios y era una reflexión repleta de lugares comunes sobre lo imaginario y su concreción literaria. Partía de una idea general y trataba de llegar hasta el límite inferior de determinación conceptual a través de una serie de autores del pasado siglo.

A R. J. pareció interesarle mi exposición, lo que sin duda halagó mi vanidad, tocada ya por las sucesivas copas de coñac que él mismo pedía para mí. Llegados a un punto de esta borrachera unilateral, R. J. me hizo una proposición: intercambiar nuestras ponencias. Yo leería la suya y él la mía.

Por entre los vapores del alcohol, mi escasa inteligencia realizó un breve y confuso cálculo de intereses. Su ponencia tocaba un tema de actualidad, fuertemente polémico, y la exposición parecía inteligente; a la mía se le notaban los hilvanes y su contenido estaba descontextuado en relación a las preocupaciones del momento. Por otra parte, R. J. me debía esa satisfacción, por lo que podía aceptar el intercambio sin tener por ello ningún sentimiento de culpa.

Nos dirigimos a nuestros departamentos y al poco nos encontramos en el pasillo, donde se materializó el trato. Una vez a solas leí su ponencia y me pareció genial. Dediqué el resto del viaje a disfrutar de mi próximo éxito, tapando con la ayuda del alcohol una inquietud difusa, localizada en el vientre. «Esto es más divertido que la ruleta rusa», me había dicho R. J., con un guiño, mientras se realizaba el intercambio.

Sorprendentemente, mi actuación en el congreso no causó ninguna reacción; no hubo rechazos, ni siquiera un coloquio mínimamente sostenido. En cambio, R. J. conoció un éxito fulgurante. Su intervención nubló la del resto de los asistentes y su ponencia —la mía— fue publicada en todos los idiomas. Regresó a nuestro país convertido en una figura incontestable, lista para la gloria. En todas partes se hablaba de la novela en la que llevaba años trabajando, y los editores le ofrecían sumas fabulosas para adquirir los derechos de su publicación.

En cuanto a mí, de manera enigmática, comencé a declinar a una velocidad de vértigo. Tardaban meses en publicar mis artículos y ya no me ofrecían conferencias ni me solicitaban cuentos las revistas. Mi economía, que nunca había gozado de una gran salud, adelgazó hasta extremos insoportables. De todos modos, conseguí terminar una novela, que me había ocupado los tres últimos años, y se la envié a mi editor con la esperanza de obtener un sustancioso adelanto sobre sus derechos. Era una gran novela, escrita en plena madurez, en ese instante en el que todo novelista reúne los recursos técnicos y la experiencia vital que le permiten acometer un gran proyecto.

Me la devolvieron a los pocos días, con una breve carta en la que una secretaria me explicaba que estaba cubierta toda la programación editorial de los próximos años. Creí enloquecer. La envié a tres o cuatro editores más con idéntico resultado. Me la remitían sin haberla leído, acompañada de tres frases amables mal escritas.

Un día, finalmente, la envolví y se la envié por correo urgente y certificado a R. J. Pasé dos o tres meses de angustia, sin saber qué iba a ser de mí y de lo único que había dado sentido a mi existencia: la escritura. Transcurrido ese tiempo, comenzaron a aparecer en la prensa noticias relacionadas con la próxima publicación de la esperada novela de R. J.

Las primeras ediciones se agotaron antes de ponerse a la venta, y numerosas editoriales extranjeras pagaron grandes sumas por los derechos de traducción.

Al poco tiempo recibí un cheque de varios ceros que me permitió afrontar el futuro con cierta tranquilidad.

En fin, a qué seguir con esta relación interminable de malentendidos que ha envenenado mi existencia. Baste decir que R. J. y yo no volvimos a vernos hasta que me hizo llamar a su lecho de muerte. Cada vez que terminaba una novela, se la enviaba por correo, y a los pocos meses recibía un talón que me permitía vivir un año más. Cuando yo, por maldad, tardaba más de lo acostumbrado en enviarle un nuevo libro, él menguaba mi asignación económica. De este modo, llegamos a alcanzar un raro equilibrio entre sus intereses y los míos.

Supongo que su vida no ha sido menos infernal que la mía. Ambos nos hemos acechado en secreto durante todos estos años, porque de la supervivencia de uno dependía la existencia del otro. Él consiguió la gloria que a mí me permitió transformar en materia literaria todas mis obsesiones, y lo cierto es que ahora —al final de la vida— poco importa ya quién firmó aquellos libros, pues como ya expresé al principio de esta declaración, la identidad no existe ni existe el individuo, pues nada hay en él, excepto sus uniformes y medallas, capaz de hacerlo diferente de los demás mortales. Hay animales que están formados de otros varios y en los que los órganos correspondientes ejecutan funciones distintas; en tales casos, sólo la totalidad puede considerarse un individuo.

R. J. y yo somos el símbolo de esa totalidad. Él parecía el autor de sus novelas; ese autor era yo. Pero si diéramos aún un paso más, veríamos que tampoco eran mías, sino de algo o alguien que las escribió a través de mí. El novelista no es más que un instrumento, un transmisor que realiza su trabajo como el intestino o el corazón realizan el suyo, sometidos a un impulso involuntario y ajenos al sentido final de su función.

Eximo, pues, a las autoridades de repetir conmigo la farsa llevada a cabo en los recientes funerales de R. J. Una parte de mí fue suficientemente honrada en su cadáver, y a través de él también quisiera penetrar en el dudoso futuro de los muertos.

Ya nada me retiene, no hay en mi corazón un solo fuego que estas postreras páginas no hayan logrado consumir.

En fin.

TRASTORNOS DE CARÁCTER

A lo largo de estos días se cumplirá el primer aniversario de la extraña desaparición de mi amigo Vicente Holgado. El otoño había empezado poco antes con unas lluvias templadas que habían dejado en los parques y en el corazón de las gentes una humedad algo retórica, muy favorable para la tristeza, aunque también para la euforia. El estado de ánimo de mi amigo oscilaba entre ambos extremos, pero yo atribuí su inestabilidad al hecho de que había dejado de fumar.

Vicente Holgado y yo éramos vecinos en una casa de apartamentos de la calle de Canillas, en el barrio de Prosperidad, de Madrid. Nos conocimos de un modo singular un día en el que, venciendo yo mi natural timidez, llamé a su puerta para protestar no ya por el volumen excesivo de su tocadiscos, sino porque sólo ponía en él canciones de Simon y Garfunkel, dúo al que yo adoraba hasta que Vicente Holgado ocupó el apartamento contiguo al mío, irregularmente habitado hasta entonces por un soldado que, contra todo pronóstico, murió un fin de semana, en su pueblo, aquejado de una sobredosis de fabada. Vicente me invitó a pasar y escuchó con parsimonia irónica mis quejas, al tiempo que servía unos whiskys y ponía en el vídeo una cinta de la actuación de Simon y Garfunkel en el Central Park neoyorquino. Me quedé a ver la cinta y nos hicimos amigos.

Sería costoso hacer en pocas líneas un retrato de su extravagante personalidad, pero lo intentaré, siquiera sea para situar al personaje y contextuar así debidamente su, para algunos, inexplicable desaparición. Tenía, como yo, treinta y nueve años y era hijo único de una familia cuyo árbol genealógico había sido cruelmente podado por las tijeras del azar o de la impotencia hasta el extremo de haber llegado a carecer de ramas laterales. Poco antes de trasladarse a Canillas había perdido a su padre, viudo desde hacía algunos años, quedándose de golpe sin familia de ninguna clase. Pese a ello, no parecía un hombre feliz. No podría afirmar tampoco que se tratara de una persona manifiestamente desdichada, pero su voz nostálgica, su actitud general de pesadumbre y sus tristes ojos conformaban un tipo de carácter bajo en calorías que, sin embargo, a mí me resultaba especialmente acogedor. Pronto advertí que carecía de amigos y que tampoco necesitaba trabajar, pues vivía del alquiler de tres o cuatro pisos grandes que su padre le había dejado como herencia. En su casa no había libros, aunque sí enormes cantidades de discos y de cintas de vídeo meticulosamente ordenadas en un mueble especialmente diseñado para esa función. La televisión ocupaba, pues, un lugar de privilegio en el angosto salón, impersonalmente amueblado, en uno de cuyos extremos había un agujero que llamábamos cocina. Su apartamento era una réplica del mío y, dado que uno era la prolongación del otro, mantenían entre sí una relación especular algo inquietante.

Por lo demás, he de decir que Vicente Holgado sólo comía embutidos, yogures desnatados y pan de molde, y que bajaba a la tienda un par de veces por semana ataviado con las zapatillas de cuadros que usaba en casa y con un pijama liso, sobre el que solía ponerse una gabardina que a mí me recordaba las que suelen usar los exhibicionistas en los chistes.

Un día, al regresar de mi trabajo, no escuché el tocadiscos de Vicente, ni su televisor, ni ningún otro ruido de los que producía habitualmente en su deambular por el pequeño apartamento. El silencio se prolongó durante el resto de la jornada, de manera que al llegar la noche, en la cama, empecé a preocuparme y me atacó el insomnio. La verdad es que lo echaba de menos. La relación especular que he citado entre su apartamento y el mío se había extendido ya en los últimos tiempos hasta alcanzar a nosotros.

Así, por las noches, cuando me lavaba los dientes en mi cuarto de baño, separado del suyo por un delgado tabique, imaginaba a Holgado cepillándose también al otro lado de mi espejo. Y cuando retiraba las sábanas para acostarme, fantaseaba con que mi amigo ejecutaba idénticos movimientos y en los mismos instantes en que los realizaba yo. Si me levantaba para ir a la nevera a beber agua, imaginaba a Vicente abriendo la puerta de su frigorífico al tiempo que yo abría la del mío. En fin, hasta de mis sueños llegué a pensar que eran un reflejo de los suyos; todo ello, según creo, para aliviar la soledad que esta clase de viviendas suele infligir a quienes permanecen en ellas más de un año. No he conocido todavía a ningún habitante de apartamento enmoquetado y angosto que no haya sufrido serios trastornos de carácter entre el primero y el segundo año de acceder a esa clase de muerte atenuada que supone vivir en una caja.

El caso es que me levanté esa noche y fui a llamar a su puerta. No respondió nadie. Al día siguiente volví a hacerlo, con idéntico resultado. Traté de explicarme su ausencia argumentando que quizá hubiera tenido que salir urgentemente de viaje, pero la excusa era increíble, ya que Vicente Holgado odiaba viajar y que su vestuario se reducía a siete u ocho pijamas, tres pares de zapatillas, dos batas y la mencionada gabardina de exhibicionista, con la que podía bajar a la tienda o acercarse al banco para retirar el poco dinero con el que parecía subsistir, pero con la que no habría podido llegar mucho más lejos sin llamar seriamente la atención. Es cierto que una vez me confesó que tenía un traje que solía ponerse cuando se aventuraba a viajar (así lo llamaba él) por otros barrios en busca de películas de vídeo, pero la verdad es que yo nunca se lo vi. Por otra parte, al poco de conocernos, descargó sobre mí tal responsabilidad. Cerca de mi oficina había un videoclub en el que yo alquilaba las películas que por la noche solíamos ver juntos.

Bueno, la explicación del viaje no servía.

Al cuarto día, me parece, bajé a ver al portero de la finca y le expuse mi preocupación. Este hombre tenía un duplicado de todas las llaves de la casa y, conociendo mi amistad con Vicente Holgado, no me costó convencerle de que deberíamos subir para ver qué pasaba. Antes de introducir la llave en la embocadura, llamamos al timbre tres o cuatro veces.

Luego decidimos abrir, y nos llevamos una buena sorpresa al comprobar que estaba puesta la cadena de seguridad, que sólo era posible colocar desde dentro. Por la estrecha abertura que la cadena nos permitió hacer, llamé varias veces a Vicente, sin obtener respuesta. Una inquietud o un miedo de difícil calificación comenzó a invadir la zona de mi cuerpo a la que los forenses llaman paquete intestinal. El portero me tranquilizó:

—No debe de estar muerto, porque ya olería.

Desde mi apartamento llamamos a la comisaría de la calle de Cartagena y expusimos el caso. Al poco se presentaron con un mandamiento judicial tres policías, que con un ligero empujón vencieron la escasa resistencia de la cadena. Penetramos todos en el apartamento de mi amigo con la actitud del que llega tarde a un concierto. En el salón no había nada anormal, ni en el pequeño dormitorio. Los policías miraron debajo de la cama, en el armario empotrado, en la nevera. Nada. Pero lo más sorprendente es que las dos únicas ventanas de la casa estaban cerradas también por dentro. Nos encontrábamos ante lo que los especialistas en novela policiaca llaman el problema del recinto cerrado, consistente en situar a la víctima de un crimen dentro de una habitación cuyas posibles salidas han sido selladas desde el interior. En nuestro caso no había víctimas, pero el problema era idéntico, pues no se comprendía cómo Vicente Holgado podía haber salido de su piso tras utilizar mecanismos de cierre que sólo podían activarse desde el interior de la vivienda.

Durante los días que siguieron a este extraño suceso, la policía me molestó bastante; sospechaban de mí por razones que nunca me explicaron, aunque imagino que el hecho de vivir solo y de aceptar la amistad de un sujeto como Holgado es más que suficiente para levantar toda clase de conjeturas en quienes han de enfrentarse a las numerosas manifestaciones de lo raro que una ciudad como Madrid produce diariamente. Los periódicos prestaron al caso una atención irregular, resuelta la mayoría de las veces con comentarios, que pretendían ser graciosos, acerca de la personalidad del desaparecido. El portero, al que dejé de darle la propina mensual desde entonces, contribuyó a hacerlo todo más grotesco con sus opiniones sobre el carácter de mi amigo.

Pasado el tiempo, la policía se olvidó de mí y supongo que también de Vicente. Su expediente estará archivado ya en la amplia zona de casos sin resolver de algún sótano oficial. Yo, por mi parte, no me he acostumbrado a esta ausencia, que es más escandalosa si consideramos que su apartamento continúa en las mismas condiciones en que Vicente lo dejó. El juez encargado del caso no ha decidido aún qué debe hacerse con sus pertenencias, pese a las presiones del dueño, que —como es lógico— quiere alquilarlo de nuevo cuanto antes. Me encuentro, pues, en la dolorosa situación de enfrentarme a un espejo que ya no me refleja. Mis movimientos, mis deseos, mis sueños, ya no tienen su duplicado al otro lado del tabique; sin embargo, el marco en el que se producía tal duplicidad sigue intacto. Sólo ha desaparecido la imagen, la figura, la representación, a menos que aceptemos que yo sea la representación, la figura, la imagen, y Vicente Holgado fuera el objeto original, lo cual me reduciría a la condición de una sombra sin realidad. En fin.

Tal vez por eso, por el abandono y el aislamiento que me invaden, he decidido hacer público ahora algo que entonces oculté; de un lado, por no contribuir a ensuciar todavía más la memoria de mi amigo, y de otro, por el temor de que mi reputación de hombre normal —conseguida tras muchos años de esfuerzo y disimulo— sufriera alguna clase de menoscabo público.

No dudo de que esta declaración va a acarrearme todo tipo de problemas de orden social, laboral y familiar. Pero tampoco ignoro que la amistad tiene un precio y que el silencioso afecto que Vicente Holgado me dispensó he de devolvérselo ahora en forma de pública declaración, aunque ello sirva para diversión de aquellos que no ven más allá de sus narices.

El caso es que Vicente, las semanas previas a su desaparición, había comenzado a prestar una atención desmesurada al armario empotrado de su piso. Un día que estábamos aturdiéndonos con whisky frente al televisor hizo un comentario que no venía a cuento:

—¿Te has fijado —dijo— en que lo mejor de este apartamento es el armario empotrado?

—Está bien, es amplio —respondí.

—Es mejor que amplio: es cómodo —apuntó él.

Le di la razón mecánicamente y continué viendo la película. Él se levantó del sofá, se acercó al armario, lo abrió y comenzó a modificar cosas en su interior. Al poco, se volvió y me dijo:

—Tu armario empotrado está separado del mío por un debilísimo tabique de rasilla. Si hiciéramos un pequeño agujero, podríamos ir de un apartamento a otro a través del armario.

—Sí —respondí, atento a las peripecias del héroe en la pantalla.

Sin embargo, la idea de comunicar secretamente ambas viviendas a través de sus armarios me produjo una fascinación que me cuidé muy bien de confesar.

Después de eso, los días transcurrieron sucesivamente, como es habitual en ellos, sin que ocurriera nada digno de destacar, a no ser las pequeñas —aunque bien engarzadas— variaciones en el carácter de mi amigo. Su centro de interés —el televisor— fue desplazándose imperceptiblemente hacia el armario. Solía trabajar en él mientras yo veía películas, y a veces se metía dentro y cerraba la puerta con un pestillo interior que él mismo había colocado. Al rato aparecía de nuevo, pero no con el gesto de quien hubiera permanecido media hora en un lugar oscuro, sino con la actitud de quien se baja del tren cargado de experiencias y en cuyos ojos aún es posible ver el borroso reflejo de ciudades, pueblos y gentes obtenido tras un largo viaje.

Yo asistía a todo esto con el respetuoso silencio y la callada aceptación con que me había enfrentado a otras rarezas suyas. Perdidos ya para siempre los escasos amigos de la juventud, y habiendo admitido al fin que los hombres nacen, crecen, se reproducen y mueren, con excepciones como la mía y la de Vicente, que no nos reproducíamos por acortar este absurdo proceso, me parecía que debía cuidar esta última amistad, en la que el afecto y las emociones propias de él no ocupaban jamás el primer plano de nuestra relación.

Un día, al fin, se decidió a hablarme, y lo que me dijo es lo que he venido ocultando durante este último año con la esperanza de llegar a borrarlo de mi cabeza. Al parecer, según me explicó, él tenía desde antiguo un deseo, que acabó convirtiendo en una teoría, de acuerdo con la cual todos los armarios empotrados del universo se comunicaban entre sí. De manera que, si uno entraba en el armario de su casa y descubría el conducto adecuado, podía llegar en cuestión de segundos a un armario de una casa de Valladolid, por poner un ejemplo.

Yo desvié con desconfianza la mirada hacia el armario y le pregunté:

—¿Has descubierto tú el conducto?

—Sí —respondió en un tono afiebrado—, lo descubrí el día en el que tuve la revelación de que ese conducto no es un lugar, sino un estado, como el infierno. Te diré que llevo varios días recorriendo los armarios empotrados de las casas vecinas.

—¿Y por qué no has ido más lejos? —pregunté.

—Porque no conozco bien los mecanismos para regresar. Esta mañana me he dado un buen susto porque me he metido en mi armario y, de golpe, me he encontrado en otro (bastante cómodo por cierto) desde el que he oído una conversación en un idioma desconocido para mí. Asustado, he intentado regresar en seguida, pero me ha costado muchísimo. He ido cayendo de armario en armario hasta que al fin, no sé cómo todavía, me he visto aquí de nuevo. Si vieras las cosas que la gente guarda en esos lugares y la poca atención que les prestan, te quedarías asombrado.

—Bueno —dije—, pues muévete por la vecindad de momento hasta que adquieras un poco de práctica.

—Es lo que he pensado hacer.

Al día siguiente de esta conversación, Vicente Holgado desapareció de mi vida. Sólo yo sabía, hasta hoy al menos, que había desaparecido por el armario. Desde estas páginas quisiera hacer un llamamiento a todas aquellas personas de buena voluntad, primero, para que tengan limpios y presentables sus armarios y, segundo, para que si alguna vez, al abrir uno de ellos, encuentran en él a un sujeto vestido con un frágil pijama y con la cara triste que creo haber descrito, sepan que se trata de mi amigo Vicente Holgado y den aviso de su paradero cuanto antes.

En fin.

LA NOCHEBUENA MÁS FELIZ

De modo que eso que le pasaba a ella se llamaba dependencia.

Tenía sesenta y siete años y llevaba bebiendo desde los cuarenta, pero jamás había pensado que este hábito de tomarse unas copitas al día hubiera sido objeto de atención científica ni que su caso formara parte de una serie de estudios desarrollados bajo el título general de dependencias. Pero en la pantalla del televisor en blanco y negro había un doctor con barba que hablaba del tema con mucha seriedad y a veces aparecían también imágenes de bares con señores bebiendo, alguno de los cuales le sacaba la lengua o le daba cortes de manga al espectador.

Sin embargo, ella no era así. Aunque humilde, había tratado de ser siempre correcta con sus contemporáneos y era apreciada entre los vecinos por su buena disposición para ayudar a todo el mundo, pero también por sus maneras educadas en la relación con los demás.

Vivía en una casa antigua, cerca de la calle Serrano, donde su marido y ella habían ejercido de porteros. Cuando les llegó la hora de jubilarse, la caridad de los vecinos, o quizá las leyes laborales de la época, habían hecho posible que permanecieran en el minúsculo piso el resto de sus vidas.

Su marido se murió al año justo de la jubilación y a los tres meses de la boda de su hija; así que ella se dedicaba ahora a agotar ese privilegio tomando copitas de coñac y viendo las imágenes que destilaban por el televisor sin prestar atención al argumento. Pero hoy, precisamente hoy, en un día tan señalado, había salido un señor con barbita que le recordaba a su padre y por una cuestión de respeto había subido el volumen para escuchar lo que decía (a veces los muertos utilizan estos trucos para enviar mensajes a los vivos) y resulta que la estaba comparando con unos borrachos descamisados sin educación ni principios.

Recordaba perfectamente cuándo había comenzado a beber: fue en torno a los cuarenta años. En aquella época, su marido se bajaba a la portería a primera hora de la tarde y su hija se iba al colegio. Entonces, ella encendía el televisor, se servía una copita de coñac y se tumbaba en el sofá de tal modo que pudiese dominar al mismo tiempo la pantalla del aparato y el espejo del aparador. Al tercer sorbo, comenzaba a comprender la existencia. De modo que era esto, se decía, hay otra vida, pero entramos en ella poco a poco.

Entonces se miraba en el espejo del aparador y advertía que de su envejecimiento se alimentaba otra que estaba en el otro lado de las cosas y que constituía una versión gloriosa de sí misma. Envejecía, pues, para darle la juventud a su propio reflejo.

Tal comprensión de la realidad no le evitó, sin embargo, contraer en aquella época una penosa y larga enfermedad relacionada con los asuntos del alma y que los médicos diagnosticaron como trastornos propios de la edad. Durante algunos años, no se movió de su casa, ni vio a otras personas que no fueran su marido y su hija. Salía del abatimiento para entrar en el sueño, donde efectuaba el trasbordo que la conducía a la tristeza. Pero las tardes seguían siendo maravillosas frente al televisor, el espejo y la copa de coñac. De modo que la vida era esto —se repetía una y otra vez—; es posible ver cosas que los demás no ven.

Un día de primavera se vistió, se pintó y salió a la calle. «Se ha curado», pensaban todos. Pero ella sabía que no había estado enferma, sino que había atravesado —como las orugas— una fase de reposo para convertirse en otra y fortalecer así el desarrollo de la que a su costa crecía al otro lado del espejo, al otro lado de la vida.

Recorrió con placer la calle Serrano y se acercó hasta el edificio de *ABC,* donde tenía un amigo conserje. Después continuó paseando en dirección a la iglesia de los Jesuitas, para dar gracias por su mejoría, y al llegar a Juan Bravo tuvo una alucinación: vio un enorme edificio, que parecía nacer abajo, en la Castellana, hecho todo él de cristal, de espejos. Se dirigió hacia allí pensando que el edificio desaparecería de un momento a otro, pero no sólo no desapareció, sino que sus espejos la reflejaron sucesivamente mientras recorría el paso elevado de Juan Bravo.

Desde este lugar vio también otras construcciones rarísimas; así, por ejemplo, una de ellas tenía un techo semicircular del que salían unos tubos rojos muy bonitos que evocaban la cubierta de un gran barco. En fin, allí mismo, a sus pies, crecía todo un conjunto de edificios, limpios como una bandeja de plata y sugestivos como una arquitectura de cuento de hadas, que parecía una muestra, un adelanto, de lo que una podría encontrarse al traspasar los umbrales de la realidad inmediata.

Consideró la posibilidad de que todo aquello no fuese una alucinación sino el resultado de una fiebre constructora acaecida en el barrio durante su retiro. Pero la desechó en seguida, porque no era posible levantar una casa tan grande colocando un cristal sobre otro sin que éstos se rompieran, con grave riesgo para los transeúntes. Dedujo, pues, que se trataba de una visión particular que podía deberse a los efectos del alcohol. La visión era tan agradable que valía la pena seguir bebiendo con moderación.

De manera que no comentó nada a su familia pero todas las tardes, tras tomar dos copitas, se iba al paso elevado de Juan Bravo y contemplaba aquella ciudad maravillosa, llena de luz, puesta allí para uso exclusivo de sus ojos.

Sin embargo, el de la barbita que le recordaba a su padre no dejaba de lanzar amenazas gravísimas desde la pantalla a todas aquellas personas habituadas a beber más de dos o tres copas diarias.

Se levantó, dejó el aparato sin volumen y salió al pasillo a coger el teléfono, que llevaba un rato sonando.

Era su hija. Le dijo que esa Nochebuena no irían a cenar con ella, porque su casa era muy pequeña y porque era un follón desplazarse desde Móstoles con los niños.

—No te preocupes, hija —contestó.

—De todos modos —replicó la hija—, podrías venir tú a cenar con nosotros y dormir en el sofá. Julián tiene que ir mañana al centro y podría dejarte en casa.

La anciana insistió en que no estaba dispuesta a aceptar ese plan. La hija parecía disgustada o culpable.

—¿Y vas a cenar sola en una fecha tan señalada? —preguntó.

—Sí —dijo y colgó el teléfono sin más explicaciones.

Después se dirigió a la cocina, donde guardaba la botella de coñac, porque el señor de la barbita le había estimulado las ganas de beber. Desde la calle llegaba el ruido de los petardos navideños, y por los tabiques se filtraba la excitación de los pisos vecinos, cuyos habitantes hacían preparativos para la gran cena familiar.

Antes de abrir el armarito, revisó el grado de suciedad acumulado sobre la nevera, el antiguo fogón y los baldosines: le pareció aceptable. Hacía dos meses que había decidido no limpiar la cocina nunca más en virtud de unos cálculos según los cuales ella habría de morir antes de que la suciedad alcanzara un extremo de abandono excesivo. Esta carrera entre la grasa y el polvo por un lado, y su vejez por otro le resultaba divertida, pero algunas tardes le acometía el temor de haber echado mal las cuentas y de acabar como esas traperas que al morir salen en los periódicos por haber vivido sobre un montón de basura.

La botella estaba vacía. La volcó, no obstante, sobre el vaso, por si se tratara de una confusión óptica, pero del recipiente no salió una sola gota de coñac. No podía ser, la había estrenado esa mañana y venían a durarle dos días. Aunque últimamente calculaba mal. Ya el mes anterior se había quedado sin coñac y sin dinero dos días antes de cobrar la pensión y había tenido que pedirle prestado a una vecina.

Sintió una punzada de miedo en el estómago y corrió a ver el monedero, donde encontró unas monedas con las que no habría podido comprar ni una botella de vino barato. No cobraría otra vez hasta el uno; hasta el dos, porque el uno era fiesta.

Se fue al saloncito y se tumbó llorando en el sofá. En el televisor ya no estaba el señor de la barbita; unas chicas jóvenes, con las piernas muy largas, anunciaban un champán que se derramaba como el oro fundido sobre una copa de cristal, formando una hermosa columna de burbujas en el centro.

Se secó las lágrimas, miró hacia el espejo y vio que la otra, muy parecida a las chicas del anuncio, sonreía indiferente a su drama personal. Volvió a llorar ahora con más fuerza, y se quedó dormida.

La despertaron, a eso de las once, los gritos de la casa de al lado. Parecían ser todos muy felices. Sintió hambre.

Se incorporó con dificultad y fue a la cocina. Abrió el armarito donde guardaba las conservas y sacó una lata de atún. Mientras el abridor se deslizaba por el borde del recipiente, tuvo, como siempre, un movimiento de aprensión provocado por la fantasía de que en el interior de la lata hubiera algo distinto a lo que anunciaba la etiqueta. Algunas veces pensaba que en lugar de atún podría encontrar sardinas, o mejillones, pero también el resto de una dentadura o una llave de oro. Quién sabe lo que puede aparecer en una cosa tan cerrada y que viene de lugares tan lejanos.

Le sorprendió en seguida que de la herida abierta en el costado de la lata no manara la porción de grasa habitual. Daba la impresión de estar seca. Continuó abriéndola con el corazón en la garganta y finalmente levantó la tapa con la punta de un cuchillo por si hubiera dentro algo desagradable.

Había una botellita de coñac, como las que coleccionaba su tendero y que eran tan bonitas. Inmediatamente cogió otra lata, la abrió y volvió a encontrarse con una botellita idéntica a la anterior. Contó el número de latas y calculó que tenía provisiones para dos semanas.

Regresó al salón entre risas y lágrimas con un cargamento de conservas en los brazos. Por la televisión estaban dando la misa del gallo. Se tumbó en la postura habitual y advirtió que el espejo se había quedado mudo, sin reflejos.

De modo que la vida era esto, dijo en voz alta, feliz, mientras destapaba la primera botella.

LOS OTROS

Soy otro desde que tuve el accidente. Mi familia, mis amigos, mis compañeros de trabajo, todo el mundo, en fin, sabe que mi coche dio cuatro vueltas de campana y que estuve hospitalizado cuatro meses —a mes por vuelta—, pero nadie advirtió los cambios que durante ese tiempo sufrió mi personalidad.

Recuerdo que al entrar en casa, aún convaleciente, me sentí ajeno a aquel mundo doméstico. Guardaba alguna memoria de los espacios familiares, de la ternura que me habían inspirado mis hijos y de la indiferencia cariñosa que sentía, antes del accidente, por mi mujer. Pero todo ese cuadro se había transformado. El hogar, ahora, me parecía un compendio de todos los hogares; los hijos —sin llegar a resultarme molestos— eran seres ajenos a mi influencia y extraños a mi afecto; los contemplaba, en suma, con la curiosidad con que se observan los hijos de los otros, estableciendo absurdas comparaciones con unos hijos imaginarios de cuyo carácter había llegado a sentirme orgulloso. En cuanto a mi mujer, he de decir que comencé a observarla con la disimulada codicia del intruso.

De manera que cuando me llevaba a la cama el desayuno, después de que los niños se hubieran ido al colegio, y me colocaba el termómetro para vigilar la evolución de mi temperatura, yo me sentía como un ser al que se le hubiera dado el raro privilegio de ocupar fraudulentamente la cama de otro hombre y los cuidados de una mujer ajena. Vivía, en fin, la rara libertad de gozar —sin culpa ni peligro— de una suerte de adulterio atenuado.

Qué vida. Todavía recuerdo cómo —al inclinarse sobre mí con la bandeja del café— se abría el escote de su bata, a través del cual me ofrecía sus pechos con una indiferencia enloquecedora, o cómo —al arreglar las sábanas— las puntas de su melena recorrían mis muslos solitarios. Pero tampoco olvido la naturalidad con la que se vestía ante mis ojos, haciendo comentarios casuales sobre el tiempo, sobre el recibo de la luz o sobre el raro color de aquellas frías mañanas de primeros de marzo.

Algunas veces, frente a tales escenas domésticas, y espoleado por un conflicto moral que no llegó a cuajar, sentí el impulso de confesar que yo era otro, al objeto de preservarla de mis miradas y de mis sentimientos. Pero de inmediato razonaba que no era inteligente desperdiciar esa rara oportunidad que me ofrecía la vida y que consistía —por decirlo de un modo esquemático— en contemplar lo cotidiano con una mirada diferente, limpia de cualquier desgaste y desprovista de toda sombra de inocencia.

Cuando ella se marchaba a hacer la compra, a eso de las doce, yo me incorporaba y salía de la cama con la agilidad de un cadáver, para mirar los rincones de mi casa y fisgar los secretos de mi propia existencia. Había en nuestro dormitorio un armario empotrado cuya parte inferior estaba llena de cajones en los que mi mujer guardaba su ropa interior, sus cinturones y pañuelos, pero también sus broches preferidos y, en fin, todas aquellas prendas íntimas y objetos que el uso había desgastado, depositando sobre ellos la sustancia que daba carácter a los rincones más oscuros de su cuerpo. Me complacía besar el tejido que el roce de sus ingles había deshilachado levemente o acariciar con la yema de los dedos aquella zona de sus sujetadores que estaba más próxima a la axila. A veces, me metía en la cama con uno de sus cinturones y jugaba con él hasta alcanzar un grado de delirio que seguramente prolongó mi recuperación más allá de lo calculado por los médicos.

Sin embargo, y a pesar del gozo que tales extravíos daban a mi convalecencia, yo sentía un desplazamiento del deseo, un desplazamiento que iba de estos objetos al cuerpo que ellos poseían y que también yo quería poseer, aunque bajo determinadas circunstancias, porque es muy duro advertir que tu deseo no se refleja en la mirada de aquella persona de la que quieres depender. Y a medida que mi otredad crecía y mi salud se restauraba, mayor era también la necesidad que sentía de tenerla en mis brazos, no como mi mujer, que no lo era, sino como otra, tan invasora como yo de aquellos espacios domésticos que no eran nuestros.

Un día, cuando tras un examen minucioso me dieron de alta definitivamente, mi mujer consideró que debíamos ir juntos a la iglesia para dar gracias a Dios por mi recuperación. Eran las ocho de la mañana y en la iglesia no había nadie. Recuerdo el sonido multiplicado de nuestros pasos y el movimiento de su negra melena sobre la oscuridad circundante, poblada de ecos. Nos metimos en una capilla lateral, habitada por un santo del que éramos devotos, y encendimos tantas velas como huesos me había roto yo en el accidente. Después, nos miramos a la luz oscilante de las pequeñas llamas y ella me sonrió como nos suelen sonreír las mujeres de las esquinas en los sueños. Creí enloquecer; llevaba un jersey un poco desbocado que permitía ver el nacimiento de su cuello y adivinar la dulce depresión de sus clavículas. Alargué mi mano y acumulé todo el vacío del escote sobre su hombro derecho. Apareció entonces el tirante blanco de una prenda interior dividiendo la superficie de su carne con la delicadeza de un vestigio casual, como la huella de un patín sobre la superficie de la nieve.

Ella se dejó hacer con una quietud provocadora tan novedosa como mi deseo. El olor a cera quemada aumentó mi trastorno. La atraje hacia mí y sin dejar de mirar sus ojos susurré:

—No puedo más.

Ella parpadeó y me dijo:

—Tampoco yo. Vamos detrás del altar.

Había allí un pequeño hueco donde reposaban los restos de un cardenal o de un obispo. Nos sentamos juntos sobre la lápida y observamos cómo nuestras sombras, proyectadas por la luz de las velas sobre la pared, se entrecruzaban y mezclaban formando maravillosas siluetas de amor. Entonces tuve un arranque de honradez y dije:

—Debes saber que yo soy otro.

—También yo —respondió con dulzura—; he sido otra toda mi vida, pero hace tiempo que renuncié a encontrar un otro y, ya ves, estabas a mi lado.

Desde aquel día somos muy felices. Lo que pasa es que no sabemos cómo decir a nuestros hijos que no somos sus padres. Porque ahora nos apetece vivir solos, aunque hemos proyectado tener hijos, pero más adelante. En cualquier caso, preferiríamos que fueran nuestros.

En fin.

SIMETRÍA

A mí siempre me ha gustado disfrutar del cine a las cuatro de la tarde, que es la hora a la que solía ir cuando era pequeño, no hay aglomeraciones y con un poco de suerte estás solo en el patio de butacas. Con un poco más de suerte todavía, a lo mejor se te sienta a la derecha una niña pequeña, a la que puedes rozar con el codo o acariciar ligeramente la rodilla sin que se ofenda por estos tocamientos ingenuos, carentes de maldad.

El caso es que el domingo este que digo había decidido prescindir del cine por ver si era capaz de pasar la tarde en casa, solo, viendo la televisión o leyendo una novela de anticipación científica, el único género digno de toda la basura que se escribe en esta sucia época que nos ha tocado vivir. Pero a eso de las seis comenzaron a retransmitir un partido de fútbol en la primera cadena y a dar consejos para evitar el cáncer de pulmón en la segunda. De repente, se notó muchísimo que era domingo por la tarde y a mí se me puso algo así como un clavo grande de madera a la altura del paquete intestinal, y entonces me tomé un tranquilizante, que a la media hora no me había hecho ningún efecto, y la angustia comenzó a subirme por todo el tracto respiratorio y ni podía concentrarme en la lectura ni estar sin hacer nada... En fin, muy mal.

Entonces pensé en prepararme el baño y tomar una lección de hidroterapia, pero los niños del piso de arriba comenzaron a hacer rodar por el pasillo algún objeto pesado y calvo (la cabeza de su padre, tal vez), y así llegó un momento en el que habría sido preciso ser muy insensible para ignorar que estábamos en la víspera del lunes. Paseé inútilmente por el salón para aliviar la presión del bajo vientre, cada vez más oprimido por el miedo. Pero la angustia —desde donde quiera que se produjera— ascendía a velocidad suicida por la tráquea hasta alcanzar la zona de distribución de la faringe, donde se detenía unos instantes para repartirse de forma equitativa entre la nariz, la boca, el cerebro, etcétera.

Y en esto ya no puedo más y me voy a ver a mi vecino, que también vive solo en el apartamento contiguo al mío. Sé que estaba en su agujero porque había oído ruidos y porque, además, es un pobre infeliz que jamás sale de su casa. Pues bien, llamé a su puerta varias veces y, en lugar de abrirme, comenzó a murmurar y a gemir como si estuviera con una mujer. Me dio tanta rabia que decidí irme al cine, aunque fuera a la segunda sesión, completamente decepcionado ya de las relaciones de vecindad, que son las únicas posibles una vez que uno ha cumplido los cuarenta y se ha desengañado de las amistades de toda la vida.

Y en este punto comenzó mi ruina por lo que a continuación detallaré: resultó que en la cola del cine —tres o cuatro metros delante de mí— había un señor que se parecía mucho a mi vecino y que no hacía más que volverse y mirarme como si me conociera de algo, y de algo malo a juzgar por la expresión de su rostro. Tuve la mala suerte de entrar cuando ya había comenzado la película y de que el acomodador, por casualidad, me colocara junto a él. Este sujeto estuvo removiéndose en el asiento, dándome codazos y lanzando suspiros durante toda la película. Daba la impresión de que yo le estuviera molestando de algún modo, cosa improbable, si consideramos que no suelo masticar chicle, ni comer palomitas, ni desenvolver caramelos en la sala. El filme, por otra parte, era novedoso y profundo, pues se trataba de una delegación de aves, que se presentaba ante Dios con el objeto de protestar por la falta de simetría detectable en algunos aspectos de la naturaleza. Así, esta delegación —compuesta por pájaros grandes en general— se quejaba de que tanto los animales terrestres como los aéreos tuvieran que encontrarse tras la muerte en la misma fosa, cuando una disposición más armónica y equilibrada habría exigido que quienes pasaran su existencia en el aire reposaran en la tierra al fallecer, mientras que quienes habían vivido en la tierra encontraran descanso eterno en el aire. El Supremo Hacedor, que todo lo sabe, no ignoraba que ésta era una vieja aspiración de los buitres y demás pájaros carroñeros, que soñaban con una atmósfera llena de cadáveres. Pero ocupado como estaba en otros asuntos de mayor trascendencia, y por no discutir, firmó una disposición obligatoria que sólo obedecieron los indios. Más cuando los indios se acabaron por las rarezas de la historia y los cadáveres desaparecieron de las ramas de los árboles, se formó una nueva comisión que volvió a molestar con la misma cantinela al Relojero del Universo. Entonces, Éste —que se encontraba ya menos agobiado— explicó a los pájaros que la simetría no se podía imponer de golpe, sino que se trataba de una conquista a realizar en diversas etapas, la primera de las cuales —dijo— consistiría en convertir a los gorriones en las cucarachas de las águilas. De ahí que desde entonces estas aves rapaces sientan enorme repugnancia por esos pajaritos grises, que los seres humanos nos comemos fritos en los bares de barrio.

Bueno, pues el impertinente sujeto que digo me impidió ver a gusto este documental apasionante y denso, del que sin duda se me escaparon muchas cosas. Pero lo peor fue que a la salida del cine comenzó a perseguirme por todas las calles con un descaro y una astucia impresionantes: con descaro, porque no hacía más que mirarme; y con astucia, porque en lugar de seguirme por detrás, me seguía por delante, aunque volvía frecuentemente el rostro con expresión de sospecha, como si yo fuera un delincuente conocido o algo así.

Intenté sin éxito deshacerme de él con diversas argucias, pero se ve que el tipo era un maestro en esta clase de persecuciones y no hubo manera de quitármelo de encima. Hasta que, a las dos horas de implacable persecución, se paró delante de una comisaría y cuchicheó algo con el guardia de la puerta, al tiempo que me señalaba. Yo continué avanzando con tranquilidad sin sospechar lo que me aguardaba. El caso es que cuando llegué a la altura del establecimiento policial, el guardia me detuvo y me preguntó que por qué tenía yo que seguir a aquel señor. Le expliqué sin perder los nervios ni la compostura, que se había equivocado, que el perseguido era yo. De todos modos, me obligó a pasar dentro en compañía del sujeto, que frente al comisario me acusó de haberle molestado con el codo y con la rodilla durante la película, y de andar detrás de él toda la tarde.

En seguida advertí que el comisario estaba más dispuesto a creerle a él que a mí, porque yo era —de los dos— el que peor vestido iba, pero también porque un ligero defecto de nacimiento le da a mi mirada un tono de extravío que quienes no me conocen identifican con cierta clase de deficiencia psíquica. Procuré, pues, mantener la serenidad y hablar en línea recta, pese a mi conocida tendencia a utilizar giros y metáforas cuyo significado más profundo no suelen alcanzar las personas vulgares. Y creo que habría conseguido mi propósito de convencer al policía, de no ser porque en un momento dado de este absurdo careo el defensor de la ley nos preguntó que qué película habíamos visto. Yo respondí que no me acordaba del título, aunque podía contarle el argumento. Confiaba en derrotar a mi adversario en este terreno, dada mi habilidad para narrar fábulas o leyendas previamente aprendidas. De manera que me apresuré a desarrollar la historia de los pájaros. Y ahí es donde debí cometer algún error, porque detecté en el comisario una mirada de perplejidad y una fuerte tensión a medida que el relato avanzaba.

El caso es que cuando acabé de contarle la película, se dirigió al otro y le dijo que podía marcharse; a mí me retuvieron aún durante algunas horas. Finalmente, me hicieron pagar una multa de regular grosor y me dejaron ir con la amenaza de ser llevado a juicio si volvía a las andadas.

Desde entonces, siempre que me persigue alguien, me detienen a mí. Y de todo esto tiene la culpa mi vecino, que no me abre la puerta. Pero también influye un poco el hecho de que haya dejado de asistir al cine a las cuatro de la tarde, que es la hora a la que solía ir cuando era pequeño.

En fin.

EL CLAVO DEL QUE UNO SE AHORCA

¿Guarda un hombre memoria de las escaleras que subió o bajó a lo largo de su vida? ¿Podría llegar a saber —en el tramo final de su existencia— si eran todas la misma o si algunas de ellas, aunque distantes entre sí, conducían a idénticos espacios?

Esta preocupación por las escaleras me ha asaltado de golpe, sin que yo haya puesto ninguna voluntad en ello. Porque sobre lo que pretendía escribir era sobre los domingos y, más concretamente, sobre sus largas e inquietantes tardes. ¿Adónde lleva la tarde de un domingo? ¿Adónde la suma de todas las tardes de todos los domingos de una existencia media?

Debo decir que ese día festivo de la semana me ha parecido siempre un día cruel, quizá porque está hecho para una pereza imposible, pero también porque en sus tardes anida la desazón y el miedo a preguntarse qué es la vida o para qué sirve, al fin, el esfuerzo desarrollado durante el resto de la semana.

Tengo cuarenta y cinco años y arrastro este temor a los domingos desde la niñez. Él ha determinado mi existencia, que ha carecido de otro objeto que no fuera el de escapar a la maldición de ese día feriado que en los calendarios suele señalarse con una mancha roja. Así, cuando era adolescente, en lugar de salir con mis amigos, pasaba las tardes de los domingos en mi cuarto, realizando trabajos manuales que me ayudaban a hacer frente a ese momento en el que la luz del día parece sufrir una vacilación, como si dudara entre la posibilidad de durar eternamente o la de entregarse a la noche.

No me casé, aunque tuve más de una oportunidad, por la misma razón, es decir, para no padecer las tediosas reuniones familiares de los domingos por la tarde. Más adelante, en fin, cuando me tuve que ganar la vida, elegí trabajos cuyos períodos de descanso no se ajustaran al ritmo general, para ver si de este modo perdía la noción de los días y conseguía saltar sin abrasarme desde el sábado al lunes.

Mi vida está marcada, pues, por esta huida que comienzo a planificar la víspera del martes y desarrollo luego a lo largo de toda la semana hasta alcanzar el día innombrable con su fracaso consecuente. Y digo fracaso porque, pese a todas mis maniobras, no ha habido un solo domingo de mi vida en el que, llegado a ese punto indeterminado de sus tardes, mi conciencia haya dejado de advertir en qué lugar de la semana nos encontrábamos. Hace poco, por ejemplo, pasé unos días en Estambul, intentando vender una determinada marca de aparatos de aire acondicionado cuyos intereses represento en esa zona de Europa. Pues bien, había perdido ya la noción del tiempo, cuando un día —tras permanecer siete horas en el hotel realizando un complicado informe comercial— salí a la calle con el objeto de admirar la ciudad desde el mar. El espectáculo era sobrecogedor, pues las cúpulas, al atardecer, parecen construcciones liberadas del peso de la gravedad. En seguida, advertí que mi placer comenzaba a enturbiarse por un malestar indefinido, como si una extrañeza inquietante se apoderara de las zonas más vulnerables de mi pecho. Mi mirada adquirió un tono plomizo, que proyectaba sobre los objetos de su interés, y hasta el propio mar se contagió de una especie de solidez que se traducía en una amenaza difusa, pero cierta. Efectivamente, era domingo y atravesábamos en ese instante uno de los lugares más difíciles de sus misteriosos confines.

Hace algunos años, en uno de mis numerosos intentos por librarme de este doloroso mal, cayó en mis manos un manual de psicología, cuyo autor no recuerdo, en el que había un artículo titulado *Las neurosis de los domingos.* Gracias a él, supe que esta rareza mía afectaba a importantes núcleos de la población, pero lo cierto es que no he conocido a nadie que padezca esta «neurosis», al menos en el grado con que la sufro yo. Por otra parte, creo recordar que las causas que se señalaban en aquel artículo me parecieron algo simples y la argumentación muy mecánica. El caso es que no me curé tampoco con aquella lectura.

Creo que bastarán las líneas anteriores para transmitir una idea aproximada de la magnitud de mi daño y para señalar también las carencias que le debo, carencias que a estas alturas de la vida comienzan a cobrar la calidad de una amputación no visible, pero tan eficaz como la ausencia de una mano frente al deseo de intercambiar una caricia: no tengo mujer, ni hijos, ni amigos, ni un trabajo mínimamente llevadero. Vivo solo, aferrado a la tarde de todos mis domingos con el abrazo de un condenado a su verdugo. Ahora, antes de colgarme del clavo que desde la pared me llama, voy a relatar lo que me sucedió el domingo último, que parece el final de una larga pesadilla de la que quizá no he despertado todavía o de la que quizá no pueda despertar por la simple razón de que no se trata de un sueño, ni siquiera de un mal sueño.

El caso es que llegué al sábado un poco aturdido por el exceso de trabajo de los días anteriores (la semana es una especie de escalera sin luz —cada día, un peldaño— por la que algunos ascienden en dirección al descanso, pero por la que otros, como yo, ruedan hasta abrirse la cabeza en el festivo). No había tenido tiempo, ni ganas, para preparar adecuadamente la huida del domingo. Por otra parte, el fin de semana me sorprendió en mi medio habitual, lo que sin duda agravaría el tránsito al lunes. Decidí, pese al justificado cansancio que sentía, pasar la noche del sábado en vela, emborrachándome de manera metódica, al objeto de dormir todo el domingo y alcanzar el lunes sin sufrir daños importantes. Este sistema había demostrado ya sus virtudes en otras ocasiones y confiaba en perfeccionarlo graduando adecuadamente las dosis de alcohol ingeridas durante la víspera y la madrugada del penoso día cuya presencia intentaba evitar.

Me acosté a las nueve de la mañana del domingo, moderadamente ebrio, y tras un recorrido nocturno por los bares de la ciudad que solía frecuentar en ocasiones como ésta. El sueño me venció con relativa rapidez y me hundí en él con placer, sintiendo la respuesta agradecida de cada uno de los músculos de mi cuerpo. Creo que tuve, en esos primeros instantes, un sueño relacionado con una peluquería: alguien entraba en el establecimiento y pedía que le afeitasen y le arreglasen el cabello para asistir con la corrección debida al entierro de su madre. Yo contemplaba la escena desde algún lugar que ahora no recuerdo, pero que es irrelevante de cara a los sucesos que a continuación relataré.

El caso es que en algún momento determinado de este sueño adquirí la conciencia de que estaba dormido y eso, paradójicamente, me devolvió a la vigilia, si bien era una vigilia atenuada por los vapores del alcohol y por la bruma del agotamiento físico del que intentaba recuperarme. No abrí los ojos, por temor a despejarme demasiado, y entonces sucedió una rareza que consistía en la incapacidad de la memoria para saber a qué zona de mi propia existencia debía despertar. ¿Debería salir del sueño a mis primeros años, protegidos por la presencia olorosa de mi madre? ¿Debería hacerlo a la adolescencia tenebrosa, marcada por la particularidad de no ser un niño sin haber alcanzado por eso otro estado conocido? ¿A mi servicio militar, cuyos permisos coincidían con el único día no hábil de la semana? ¿A aquella apasionada historia de amor que terminó un domingo por la tarde, cuando sentado frente a Laura (Laura, Laura) en una cafetería advertí que el peso de aquel día maligno se sobrellevaba mejor solo que acompañado? ¿A mi primer trabajo? ¿A la universidad?

Permanecí durante un tiempo que no podría calcular, pero que tuvo que ser necesariamente breve, especulando sobre estas y otras posibilidades, sin que los registros de mi conciencia señalaran a qué lugar de la vida debería volver si en ese momento abriera los ojos. No debe interpretarse esta duda como una pérdida de identidad; por el contrario, ésta parecía haberse multiplicado por partición, sin perder por eso el denominador común, representado por el propietario de todas esas partículas, cada una de las cuales marcaba un límite, una frontera, por la que discurría mi conciencia.

Levanté, al fin, los párpados y comprobé, con una mezcla de decepción y alivio, que mis ojos se abrían al dormitorio habitado por el sujeto de cuarenta y cinco años que me representaba en el mundo con la relativa fidelidad con la que nos representamos a nosotros mismos. Así pues, las leyes de la lógica y la sucesión, por esta vez al menos, parecían a salvo. Miré el reloj y comprobé que apenas habían transcurrido dos horas desde que me acostara.

Cambié de postura y volví a hundirme en las fantasías que preceden al estado de reposo. Curiosamente, recuperé el sueño de la peluquería. Entraba el sujeto de antes, sólo que ahora parecía más viejo y más cansado. Quería que le cortaran el pelo, pero exigía que le perfumaran luego la cabeza con una colonia cuya marca no reconocí.

—Esa colonia es muy antigua —decía el encargado—. Ya no la sirven.

El hombre era bajo, llevaba una chaqueta desflecada y una corbata negra. Parecía soportar un peso excesivo sobre la conciencia y daba, en general, la impresión de encontrarse bajo los efectos de un ataque de angustia. Decía:

—Es que tengo que ir al cementerio, a llevar flores. El año pasado sólo fui por mi madre, pero este año están los dos. Ahora tendré que ir todos los años por los dos.

—No tenemos esa colonia —insistía el encargado.

Desde dondequiera que me encontrara, miré las manos del sujeto y observé que no había en ninguno de sus dedos una alianza matrimonial. Creo que me identifiqué con él, sin llegar a sentir por eso ningún tipo de afecto. Inmediatamente añadió:

—A mi madre le gustaba mucho esa colonia.

—Es muy antigua —concluyó el encargado.

Volví a sentir que me despertaba. Con los ojos cerrados, viajé desde la peluquería hasta la cama, aunque no hubiera sabido decir hasta qué cama, pues ignoraba de nuevo en qué zona de mi vida estaba condenado a despertar. Alargué la mano para ver si sentía el suave tacto del camisón de mi madre, pero no encontré ningún calor ajeno al mío. Durante algunos minutos me entretuve en el juego anterior, hasta que la angustia de no saber en qué tramo de la existencia me encontraba me empujó de nuevo a levantar los párpados. Y de nuevo también, entre la desilusión y el consuelo, comprobé que era un hombre de cuarenta y cinco años sin otra responsabilidad que la de ponerse a cubierto de sus miedos. Miré el reloj: eran las cuatro de la tarde.

Cerré los ojos y caí en un sueño ligero, epidérmico, del que desperté varias veces con una sensación idéntica a la ya descrita. Luego, me olvidé de mí mismo y permanecí sobre la huella del colchón con la indiferencia de una piedra grande en el lecho de un río seco.

Finalmente, amanecí otra vez y abrí los ojos con un gesto de espanto, como si hubiera recibido previamente un misterioso aviso de la rareza que me iba a suceder. Porque lo primero que vi fue la ventana de mi habitación de niño (nunca olvidaré aquellas cortinas). Y después, el escritorio, y la pequeña librería, y los libros de texto, pero también la cama, y la mesita baja de madera sobre la que hacía toda suerte de trabajos manuales, desde el modelado de arcilla hasta la construcción de ingeniosos aparatos mecánicos que se mostraban tan útiles en el interior de mis fantasías como torpes e inhábiles en los recovecos de la realidad extramental. Yo mismo, en ese instante, construía una nave de carácter anfibio con la que había decidido atravesar la vida. Miré mis manos, mis dedos cortos, pero expertos, y deduje que se trataban de los miembros de un niño pequeño. Me incorporé, destilando un sudor disolutivo, para hacerme cargo de mi estatura y elevar el horror unos centímetros. Era, efectivamente, un niño, pero conservaba una memoria nítida de mi pasada madurez. Una revelación sin contenido verbal estalló en mi conciencia: los hombres no duran de forma sucesiva, sino que amanecen caprichosamente en un lugar u otro del círculo formado por sus vidas. La existencia, como la Tierra, es redonda; carece, pues, de abismos y se puede alcanzar el mismo punto partiendo en direcciones opuestas. La rareza de mi caso provenía de un error de cálculo, de un desajuste, basado en la conservación de una memoria que debería haber perdido al instalarme en este pedazo de mi esférica existencia.

Comprobé, por los libros de texto y los cuadernos escolares, que tenía doce años, además de un malestar difuso situado en esa zona del pecho cercana a la congoja. Abrí la puerta de la habitación y salí al pasillo, desde donde escuché voces provenientes del salón. Mis padres, al parecer, hablaban con unos amigos que no conseguí identificar. Me acerqué sigilosamente hasta situarme detrás de la puerta. Mi madre decía en ese instante:

—Yo nunca he comprado nada hecho. Prefiero elegir las telas y confeccionarlo yo misma.

Con la ayuda de la voz, evoqué su rostro, su melena de entonces, sus poderosas manos. Retrocedí sin ruido y entré en el cuarto de baño. Me sorprendió la altura del interruptor de la luz, el olor de las toallas, el diseño de la bañera. Me asomé al espejo y vi un rostro ovalado en el interior del cual navegaban unos ojos oscuros. Contemplé la geografía de mi cara por ver si su relieve delataba ya lo que iba a ser de mí. De súbito, una tristeza inconsolable me colocó al borde del llanto. Cogido al lavabo como un náufrago a una tabla, me entregué a las lágrimas con desesperación infantil. Afortunadamente, el hombre maduro que compartía con el niño aquel cuerpo pequeño restó importancia a mi llanto, consolándome con palabras suaves que fueron, poco a poco, devolviéndome a la normalidad. Una vez frenada esta acometida, me lavé la cara y regresé a la habitación. Estuve terminando de armar la nave, que tenía más piezas que un reloj, mientras con una esquina de los ojos observaba la luz de la ventana. Era una luz podrida, como la de un domingo por la tarde. Noté en el pecho la opresión que precede a la angustia. Pensé en acudir al salón, junto a mis padres, pero temí que mamá, que lo sabía todo, advirtiera que detrás de mi mirada infantil se ocultaba una experiencia muy superior a la edad representada por mis rasgos. Deshice la nave y, tras desordenar las piezas, comencé a organizar de nuevo su estructura con la paciencia y el amor con los que uno reconstruiría su vida, si eso fuera posible. Y a medida que las maderas encajaban, mi lentitud crecía y la tarde se evaporaba con el tono de una queja distante, de un dolor remoto, de un alarido subterráneo. Dios mío, pensé, qué raro es todo.

Luego ya era de noche y la angustia comenzó a disolverse sin que mi voluntad interviniera en el proceso. Encendí la luz y observé el cuarto con curiosidad. Era tan cercano y a la vez tan ajeno... Oí que se abría la puerta del salón y la voz de mi madre en el pasillo:

—Luis, recoge tu cuarto, que cenamos en seguida.

Mi madre. Aún no la había visto. Ahora teníamos los dos la misma edad. ¿Lo notaría? ¿Me seguiría castigando si no me portaba bien? ¿Me gustaría a mí que me castigara? Durante algunos instantes fui feliz; me parecía bien volver a vivir con la ventaja que sobre los demás me daba la experiencia. Si supiera aprovechar ese capital, podría sin duda alcanzar posiciones importantes. Volvería a conocer a Laura (a Laura) y no tendría ninguna dificultad para ser el primero de la clase, aunque ahora me pregunto si quise serlo alguna vez. Me ocuparía más de mi madre en los días que precedieron a su fin. Cuántas cosas. Miré la librería y vi mis hermosos libros de aventuras, con los que viví tantas vidas que ya había olvidado y que podría repetir de nuevo. Disimular, tendría que disimular, pero eso ya lo había hecho antes, o después —según se mire—, con la diferencia de que ahora sabía con certeza qué es lo que tenía que encubrir.

De súbito, me acordé de los domingos, de los domingos que me quedaban por vivir, aunque ya los había padecido. De algunos de ellos guardaba una memoria minuciosa, de manera que me pareció insoportable la idea de atravesarlos otra vez. Se trataba de un precio demasiado alto para llegar al mismo sitio. Decidí suicidarme. Me colgaría de un clavo que había en la pared (en todas las habitaciones en las que he vivido había siempre un clavo, el mismo tal vez).

Cogí la cuerda de una vieja cometa y comencé a hacer los preparativos con una nostalgia tan grande que me di un poco de pena y volví a llorar, aunque en esta ocasión el adulto y el niño lloraron a la vez. Entre tanto, mis dedos manipulaban la cuerda con una destreza que ya había olvidado. Coloqué una silla junto a la pared, me subí a ella y alcancé el clavo, del que aseguré un extremo de la cuerda. Miré el lazo y me sentí satisfecho del trabajo realizado. He de decir que tuvo sus dificultades, porque lo hice con una cuerda doble por miedo a que ésta no resistiera mi peso o mi experiencia.

Cuando ya estaba a punto de dar una patada a la silla, pensé en mi madre, me hice cargo de su dolor, de su espanto, cuando entrara a buscarme para cenar y me viera colgando de la pared. Estuve a punto de desistir, pero inmediatamente también deduje que esa escena horrible había pasado ya muchas veces y seguiría pasando eternamente, pero que la olvidaríamos de nuevo hasta que volviera a pasar. De manera que apreté los dientes y empujé la silla hacia un lado. Sentí un dolor estimulante, escuché un crujido y luego una respiración forzada que me pareció ajena, como si hubiera otro cuerpo colgando junto al mío. Después, nada.

Escribo estas líneas desde la habitación de un hotel en el que he vuelto a despertar después de suicidarme. Me suenan los cuadros, y la cama, y el clavo imprecisamente escondido detrás de las cortinas. Creo que estuve en esta habitación hace años, cuando representaba los intereses de una empresa de importación en la que trabajé algún tiempo. Debo tener treinta y cinco años, pero guardo memoria de la experiencia anterior y de los diez años posteriores ya vividos.

Lo peor es que me parece que es otra vez domingo. Hay en el cielo unos jirones violetas en los que la luz intenta permanecer para durar. Huele a festivo y está atardeciendo. De manera que voy a suicidarme otra vez, a ver si tengo suerte y amanezco en un lunes, en un martes o en un miércoles; en el peor de los casos, en un viernes o en un sábado. El caso es que no sea domingo y que, si es posible, haya perdido la memoria.

En fin.

LA CONFERENCIA

Recuerdo que aquella mañana, con la prisa o los nervios del viaje, no me lavé los dientes y estuve todo el día hurgándome el interior de la boca con la punta de la lengua.

Por aquella época atravesaba la barrera de los cuarenta años y había comenzado a alcoholizarme, pero todavía no me había dado cuenta de ninguna de las dos cosas. En realidad, el trabajo me absorbía de tal modo que sólo era capaz de captar las señales relacionadas con mi actividad de investigación en el laboratorio.

El caso es que fui invitado por la Universidad de S. a dar una conferencia sobre la influencia del tabaco y la dieta en las enfermedades coronarias. Mi intervención tendría lugar en el Aula Magna de la Facultad de Medicina y frente a un público formado por catedráticos y posgraduados que habían seguido de cerca mis artículos, publicados a lo largo de los últimos años en una importante revista dirigida a la comunidad científica.

Decidí realizar el viaje en mi propio coche con el objeto de repasar durante el trayecto los puntos más importantes de la conferencia. Siempre me ha gustado conducir, a condición de que nadie me acompaña. El automóvil es un lugar cerrado, cálido, en el que todo cuanto uno necesita está al alcance de la mano. Generalmente, la cabeza me funciona muy bien en los trayectos largos, de manera que suelo sacar un gran partido de las ideas que viajan conmigo o de aquellas otras que se introducen en el coche como consecuencia de la visión del paisaje o de las consideraciones que uno suele hacerse en torno a las condiciones atmosféricas.

Así pues, durante las cinco horas que tardé en llegar a S., repasé con provecho los conceptos que vertebraban mi ponencia y me alegró comprobar que podría prescindir de los papeles o utilizarlos como un mero soporte destinado a proporcionarme la seguridad de la que carecía mi carácter. Sólo me incomodaba la sensación de suciedad localizada en el punto de unión situado entre las encías y los dientes y que acabó por producirme una ligera irritación en la punta de la lengua, debido al movimiento nervioso que señalé al principio de estas líneas.

Llegué a S. a las dos de la tarde; era miércoles (recuerdo el día de la semana porque desde entonces los miércoles no me lavo la boca debido a una especie de sugestión supersticiosa) y mi conferencia estaba programada para el día siguiente a las diez de la mañana. En la recepción del hotel tenía un mensaje de la secretaría de la universidad para que me pusiera en contacto con ellos cuando llegara. Pero decidí no hacerlo hasta la noche para disfrutar de aquellas horas de soledad en una ciudad extraña, desconocida, y en la que muy pronto habría de quedar encerrado como en una trampa formada por una sucesión de causas que unos llamarían azar y otros destino, y que se resolvió con la eficacia precisa de un mazazo que alteró la continuidad de mi existencia.

Comí en el restaurante del hotel, sin prisas, gozando de una lentitud que parecía impuesta por el ritmo interno de la ciudad de S., aún desconocida, pero cuyos secretos se me abrirían esa tarde, cuando recorriera sus calles sin el temor de ser reconocido, como un extranjero, o como si yo mismo fuera otro, en suma.

El camarero que atendía mi mesa me estaba dando un trato excepcional, pero sin molestarme con preguntas banales o con una obsequiosidad excesiva. Me recomendó un vino de la región que yo supe apreciar y él se limitaba a llenar mi copa cada vez que su nivel descendía demasiado.

En una mesa cercana a la mía había un matrimonio de turistas —norteamericanos, según pude apreciar— con un hijo adolescente, cuya voracidad hacía las delicias de sus padres. Era un trío feliz, entregado a la dicha de una manera activa y consecuente con las ganas de vivir que delataban sus rostros.

Con el aturdimiento del alcohol, me asomé a mi existencia, como un mirón a través de una rendija, y deduje de lo que pude ver que también en mi vida había algunas cantidades de felicidad, si bien era una felicidad pasiva, atenuada por la ausencia de sobresaltos, que había favorecido, sin duda, mi dedicación a los trabajos del laboratorio. Es cierto que mi mujer y yo no habíamos conseguido tener hijos y que esa carencia, de la que nunca hablábamos, se había convertido en un bulto sin volumen que se interponía a veces entre nuestras caricias o que dificultaba la comunicación al conversar sobre determinados temas. Pero —ahora lo veía— desde algún punto de vista éramos muy dichosos, y eso parecía tan cierto como que había empezado a alcoholizarme o como que mi juventud había pasado a mejor vida.

Creo que nunca me he enterado a tiempo de las cosas importantes que concernían a mi propia existencia.

En fin, pensé que telefonearía a mi mujer para hacerle partícipe de esa reflexión acerca de nuestra ignorada felicidad.

Entre tanto, el camarero me recomendó un postre especial y luego me sirvió un café acompañado de una copa de aguardiente blanco, producto también de la región, que me golpeó en alguna parte del cerebro como golpearía la primera copa de coñac barato a un adolescente.

Cuando me incorporé, estaba borracho, por lo que decidí echarme una siesta antes de visitar la ciudad.

Dormí dos horas, que me parecieron cinco siglos, durante las que permanecí en el interior de un sueño circular, en el interior de una noria fantástica, cuyos cangilones parecían representar diferentes segmentos de mi vida.

Me desperté aturdido, con la impresión de haber recibido un mensaje que no supe leer. De súbito una enorme sensación de fragilidad se apoderó de mí; me senté en el borde de la cama y permanecí inmóvil durante algunos minutos, temeroso de que el simple hecho de incorporarme y de caminar hasta el baño pudiera provocar la rotura de todo mi esqueleto, como se quebraría una estructura de cristal golpeada en su base.

Advertí entonces que carecía del valor preciso para enfrentarme al placer de recorrer esa ciudad sin compañía. Necesitaba que alguien me nombrara, certificando de este modo que yo era un investigador notable que me encontraba circunstancialmente en S. para pronunciar una conferencia en su universidad. Recordé que estaba casado, que no tenía hijos, que no era norteamericano —como mis vecinos de mesa en el restaurante—; realicé un breve currículum personal y de este modo adquirí una breve identidad. Pero era una identidad precaria, dispuesta a derramarse de mi cuerpo como el vino de un pellejo mal cosido. Telefoneé entonces a la universidad, me identifiqué, y afortunadamente alguien me aseguró que me recogerían en media hora para darme un paseo por la ciudad e invitarme a cenar.

Me duché, me afeité y me puse un traje adecuado para un conferenciante, pero no me lavé los dientes —aunque tenía mal sabor de boca—, porque ese dato parecía el único punto de referencia estable dentro de la confusión general de la jornada.

Al poco, me avisaron de que alguien me esperaba en recepción.

Se trataba de una mujer madura, en la que sin embargo el tiempo había trabajado con esmero sus formas, dándole el aire de una adolescente fatigada. Su melena oscura y ondulada armonizaba con su rostro como un marco tallado con una pintura barroca.

Algo está sucediendo, pensé mientras estrechaba su mano y me hacía cargo de la información articulada por sus labios. Se presentó como una ayudante cualificada de la cátedra de cardiología y disculpó la ausencia de su jefe por motivos de orden profesional. Después nos dirigimos dando un paseo a la Plaza Mayor de S., reconfortados ambos por una conversación trivial que fluyó sin tropiezos, como si representáramos un papel largamente ensayado con el que, sin embargo, no hubiéramos llegado a identificarnos de manera absoluta.

La plaza era rectangular y en sus soportales anidaban numerosas cafeterías, cuyas mesas estaban ocupadas por jóvenes que anunciaban con sus risas y con sus ojos excitados la llegada de la primavera. Ocupamos una de estas mesas, que nos ofrecía una visión privilegiada de la plaza, y ella pidió un coñac, lo que me animó a solicitar una bebida alcohólica sin temor a sentirme censurado.

—Es bueno para el corazón —bromeó la mujer.

Permanecimos mucho tiempo en silencio, como dejándonos penetrar por los suaves efectos del alcohol de media tarde. Después pedimos otra copa, y el espacio y el tiempo contenidos en el interior de la plaza comenzaron a transformarse en una especie de espacio y tiempo aislados de los sucesos generales. Tuve la impresión de que éramos un brevísimo fragmento de la historia que por algún pequeño cataclismo se había quedado aislado de la sucesión de las cosas y condenado a vivir un presente eterno. Ella advirtió sin duda mi fascinación y dijo:

—Mira aquel balcón, en el último piso, el que tiene las puertas entornadas.

—Sí —dije—, es bonito.

—Es mi casa —respondió ella con satisfacción.

A la tercera copa, que coincidió con ese instante de la tarde en el que la luz parece a punto de caer, pero no cae, llegaron los pájaros, que lograron oscurecer con sus garlidos las voces de los jóvenes. Pero a mí no me parecían pájaros, sino pequeños artefactos voladores que evolucionaban, ciegos, en torno a órbitas determinadas por la mano invisible de un mecánico. Entonces, apareció el deseo, que parecía manejado también por una potencia ajena a nuestras voluntades. La mirada de ella se había puesto turbia, como el pasado de un viajero, y las palabras se desprendían rotas de su voz. La miré con la impertinencia con la que se valora el cuerpo de una prostituta cuyos servicios están a punto de ser contratados, y pregunté con la voz ronca y quebrada:

—¿Vives sola?

—Peor que eso —respondió—. Vamos.

Pagué las consumiciones y subimos a su casa, desde cuyo balcón miré las sillas de la cafetería que habíamos ocupado unos momentos antes, pero nuestros cuerpos ya no estaban allí, lo que me proporcionó una sensación de alivio inexplicable.

La casa era antigua y padecía una mutilación que no conseguí localizar. No era que le faltaran cuadros, cuyas ausencias estaban señaladas por los cercos que habían quedado en la pared, o que careciera de libros, aunque las estanterías mostraban un vacío anormal; tampoco era que los muebles parecieran escasos o que algunas bombillas estuvieran desnudas. No, la mutilación era de un orden diferente y las ausencias señaladas no eran sino un pálido reflejo de una ausencia mayor de la que no quedaba sin embargo ningún rastro visible. Entendí entonces su respuesta a la pregunta de si vivía sola.

Entre tanto, ella regresaba de la cocina con una botella de coñac y dos vasos desiguales que colocó sobre la mesa. Entonces, la tomé de la cintura y ejercí sobre su cuerpo una violencia calculada a la que la mujer respondió con un gemido enloquecedor, muy parecido al de los pájaros que alborotaban el interior de la plaza.

Sin embargo, cuando ya comenzaba a explorar la periferia de los núcleos más misteriosos de su cuerpo, la mujer se apartó.

—Voy a desnudarme —dijo.

Desapareció por el pasillo y yo permanecí junto al balcón observando los pájaros —cuya actividad voladora había decrecido— y hurgándome los rincones de la boca con la punta de la lengua.

Cuando pasó un tiempo razonable, la llamé sin recibir respuesta. Después me interné por el pasillo, cuyas paredes tenían la humedad de un conducto orgánico, y alcancé su habitación, donde la encontré muerta sobre la cama. No le había dado tiempo a desnudarse.

He visto muchos cadáveres en mi vida, pero ninguno tan hermoso como el de aquella mujer. Conservaba el aire de adolescente fatigada que había tenido en vida y al que la muerte le había añadido un punto de desesperación que la hacía aún más deseable. Sin embargo, el miedo a verme envuelto en una situación dudosa y complicada me impidió valorar adecuadamente estos aspectos. Salí corriendo de la casa, regresé al hotel y telefoneé a la universidad. Tras presentarme, anuncié que tenía que suspender la conferencia del día siguiente, pues una desgracia familiar repentina me obligaba a regresar con urgencia a mi ciudad.

La persona que cogió el teléfono no sabía de qué conferencia le hablaba y me pasó con otro departamento que a su vez me puso en comunicación con la secretaría de la cátedra de cardiología, donde tampoco tenían noticia alguna de mi conferencia. Colgué, perplejo, preparé mis cosas y huí de S. Llegué de madrugada a mi ciudad, pero hasta el día siguiente no advertí que había olvidado mi cartera en la casa de la mujer. La había dejado sobre la mesa momentos antes de abrazarla, porque llevaba una chaqueta muy fina en la que producía un bulto incómodo.

Pasé unos días de tensión insoportables, pues sabía que cuando descubrieran el cadáver descubrirían también mi documentación, lo que significaba que me iba a ver envuelto en un escándalo que arruinaría mi carrera y que repercutiría seriamente también en mis relaciones familiares.

Pensé en el suicidio, pero no tuve valor para llevarlo a cabo. Entre tanto, los días pasaban sin que la policía apareciera por el laboratorio o por mi casa. Transcurridos diez días, calculé que el grado de descomposición del cadáver debía ser tal que parecía imposible que aún no hubiera sido descubierto. Después pasó un mes y luego dos y así fueron cayendo unos sobre otros sin que mi vida sufriera la alteración que yo esperaba. Recuperé la rutina diaria, pero esta amenaza permanente me envejeció, lanzándome a los sueños terribles del alcohol.

Transcurrido un año, decidí regresar a S. e investigar sobre lo sucedido. La plaza tenía el mismo tono y los pájaros realizaban idénticas evoluciones alrededor de su monumento central. El balcón de la mujer permanecía entornado, tal y como yo mismo lo había dejado doce meses antes. Subí al piso y llamé a la puerta, pero no recibí respuesta alguna. Entonces, introduje una tarjeta de crédito a la altura del pestillo y el pasador cedió al empuje del plástico con asombrosa facilidad.

La casa estaba como la había dejado, es decir, con ese aire de estar a medias habitada y abandonada a medias; sus paredes desprendían la misma impresión de estar hechas con un material orgánico capaz de transpirar y de respirar a través de sus poros. Mi cartera permanecía sobre la mesa, en el mismo ángulo y en idéntica posición. Me introduje en el pasillo y llegué al dormitorio, donde de nuevo contemplé el cadáver de la mujer, que no había padecido corrupción alguna. Su piel tenía la temperatura de un muerto reciente y sus pechos la firmeza de quien acaba de expirar.

Pensé que tal vez aquel espacio constituía un pliegue del tiempo, una esquirla, un fragmento desprendido de las leyes de la sucesión y condenado a durar eternamente.

No me atreví a recoger la cartera por miedo a que cualquier modificación —aun la más ligera— pudiera poner de nuevo en marcha la compleja maquinaria del tiempo, que corrompe todo cuanto es sometido a sus leyes.

De manera que regresé a mi vida habitual, en la que ya me he acostumbrado a vivir bajo la amenaza de que algo que yo no puedo dominar (la desaparición de uno de los pájaros de la plaza o un golpe de viento sobre las puertas entornadas del balcón) dispare el mecanismo dormido y ponga en marcha el escándalo de aquella muerte en el momento más inopinado.

Por eso también, como decía antes, no me lavo los dientes ningún miércoles.

En fin.

UNA CARENCIA ÍNTIMA

Qué vida. Aquí al lado, dos chalés más allá de este que ahora ocupo yo con mi familia, viví hace treinta años una historia de amor irrepetible.

Yo era un joven algo particular, pues la seguridad absoluta de que me haría rico —como así ha sido— en el momento en que me pusiera a ello me daba mucho más tiempo libre que al resto de mis compañeros o amigos, empeñados en labrarse un porvenir en general bastante agotador. De manera que entretenía mi ocio yendo de acá para allá y aprendiendo cosas —como jugar al billar o hacer cócteles— que ya de mayor me han resultado enormemente útiles.

El caso es que una de estas actividades con las que procuraba entretener mi ocio consistía en robar objetos en los grandes almacenes. Sujetacorbatas, gemelos, broches, cinturones, bolígrafos, calcetines, libros, discos y, ocasionalmente, un par de zapatos, gozaban de mis preferencias frente a otros objetos más valiosos, pero de complicado acceso. En realidad lo que menos me interesaba de estas incursiones era el botín, que repartía generosamente entre mis amigos; yo me quedaba con la emoción de vulnerar la ley enfrentando mi limitado talento a un sistema poderoso por cuyo interior la gente circulaba de un lado a otro, llena de paquetes, como las locas hormigas por el interior de sus galerías.

Yo, sin embargo, circulaba por esos túneles, horadados por escaleras mecánicas y huecos de ascensor, ajeno a aquella lógica de intercambio que parecía consumir a hombres, mujeres y niños. La mirada de locura que les veía utilizar al inclinarse sobre un artículo, para valorar su condición y su precio, me parecía fuera de lugar y me costaba comprender que les gustasen las cosas que les gustaban; pero, sobre todo, que pagaran por ellas el precio que pagaban. Argumentaba que si algo te atrae debes encontrar el camino menos arduo para conseguirlo.

Claro que yo soy un poco especial, pues la verdad es que siempre he obtenido lo que me apetecía sin invertir en ello grandes esfuerzos. Esa facilidad innata ha provocado siempre entre los otros y yo un distanciamiento poco apto para la creación de un clima de comprensión mutua. Recuerdo, por ejemplo, que siendo niño se pusieron de moda unas plumas estilográficas que tenían alguna característica especial. Pues bien, mis compañeros de clase ahorraron durante meses para llegar a comprarla; ignoro cómo no se les agotó el deseo en una espera tan larga. En cambio, yo me fui un sábado a unos grandes almacenes y la robé.

Se podría pensar que con esta actitud mía se corren grandes riesgos. Pero no es cierto; en mi caso, al menos, puedo afirmar que siempre he actuado con la seguridad de que no me podía ocurrir nada y esa certidumbre se ha cumplido sin grandes quebrantos a lo largo de toda mi vida.

Sin embargo, cierto día de mi ya lejana juventud estaba robando un sujetacorbatas en el piso segundo de unos grandes almacenes, cuando sentí sobre mi nuca una molestia, o un aviso, que me obligó a volverme. A unos metros de mí había una figura cuyo grado de mimetización con el medio era tal que me había pasado inadvertida. Se trataba de un hombre de traje gris y estatura mediana, que había observado todos mis movimientos a través de los cristales de unas gruesas gafas de concha. Comprendí en seguida que se trataba de un vigilante y comencé a huir con discreción, aunque con rapidez.

Pronto advertí que el sujeto de las gafas de concha me perseguía hábilmente para no llamar la atención del numeroso público. Conseguí despistarlo en una sección de cuartos de baño y grifería en general, pero en seguida volvió a aparecer detrás de una cortina de plástico. Con la seguridad de que no me podría atrapar, corrí por un pasillo formado por dos muros de alfombras y desemboqué en la sección de muebles. Allí vi un complicado armario de tres cuerpos y me metí en él con la naturalidad con la que otros entran en su casa.

El armario era un vientre enorme y complejo, como si la oscuridad total que almacenaba estuviese constituida por la suma de diversas oscuridades de menor entidad que atravesaban en forma de túneles el interior del mueble. Por esos túneles llegaban, distorsionados, los ruidos del exterior que rebotaban contra las paredes de madera antes de derrumbarse sobre el oscuro suelo y callar para siempre. Por lo demás, se estaba bastante bien y como muy protegido de la locura exterior a la que ya he hecho referencia.

Al poco de estar disfrutando de esta soledad de armario, y cuando ya empezaba a tomar nota de algunos efectos de orden óptico y acústico producidos por las características del recipiente, sentí que aquel vientre se movía y escuché una conversación de la que deduje que el mueble estaba siendo trasladado.

Efectivamente, los gritos de los operarios, algunos bruscos vaivenes, que casi me hicieron perder el equilibrio, y un movimiento nervioso que pareció dotar al armario de una respiración ansiosa, me indicaron que nos encontrábamos sobre la caja de un camión rumbo hacia algún lugar desconocido. Por el rumor de voces, ensordecido por el motor del vehículo, supe que al otro lado del tabique viajaban al menos dos de los operarios que estaban participando en el traslado.

Después de un tiempo, cuya duración no pude calcular por la situación de aislamiento en que me hallaba, el vehículo se detuvo y el armario volvió a convulsionarse entre los gritos de los operarios que lo manipulaban. A todas estas voces masculinas se unió en seguida la voz de una mujer, que empezó a dirigir a los obreros, indicándoles que llevaran cuidado con las paredes y los marcos de las puertas. Finalmente, después de algunos golpes más, el armario se quedó quieto en algún lugar y la conversación se alejó en la dirección en la que, al parecer, habíamos venido.

Pensé que era el momento ideal para escapar y entreabrí cuidadosamente una de las puertas. A través de la breve rendija, vi un dormitorio de cama ancha, amueblado con sobriedad, pero con gusto. Entonces, un raro impulso, originado por una fantasía sexual que no se tradujo de inmediato en imágenes, sino en una suerte de apremio difusamente distribuido por mi cuerpo, me obligó a cerrar de nuevo la puerta y a permanecer en el interior, como una víscera de aquel enorme y oscuro cuerpo.

La breve visión de la luz, sin embargo, me ayudó a recuperar momentáneamente la noción del tiempo. Por eso sé que no pasaron más de diez minutos hasta que mi aislamiento se vio nuevamente interrumpido por el ritmo de unos pasos —los de la mujer, pensé— que se acercaron hasta el armario. Me retiré hacia uno de los costados, el izquierdo, ocultándome parcialmente en un recoveco creado por la complicada arquitectura exterior del mueble. En seguida, se abrió la puerta central, por cuyo hueco apareció fugazmente una melena, tras la que quise advertir la presencia de un perfil hermoso. La mujer se retiró hacia el interior de la habitación y regresó en seguida. Entonces vi asomar por la puerta una mano breve y delgada, sin adornos, de la que pendían un traje y una percha que fueron colocados sobre la barra que atravesaba longitudinalmente el interior sombrío del armario.

Cuando el cuerpo central estuvo lleno, se cerró esa puerta y se abrió en seguida la del lateral izquierdo. Me aplasté contra el recoveco de la esquina y esperé la llegada de la mano, que pasó a menos de un palmo de mi rostro, portando esta vez un vestido largo y sedoso contra el que mi aliento rebotaba y me era devuelto cargado de un olor —entre artificial y humano— que acentuó la sensación de apremio sexual a que ya he hecho referencia.

El mueble quedó lleno en pocos minutos y yo volví a caer blandamente en la oscuridad, multiplicada ahora por las sucesivas barreras de trajes que segmentaban la tiniebla, pero que la hacían aún más acogedora y más rica desde el punto de vista de las sensaciones olfativas. Me senté entonces en mi rincón, acariciando el vuelo del vestido más cercano, y comencé a reconstruir el volumen de la mujer partiendo de los dos datos conocidos: la mano y la melena. Mi deseo acabó configurando un cuerpo menudo y ágil, de caderas anchas y busto reducido, coronado por una hermosa cabeza, en la que había unos ojos oscuros y unos labios ligeramente abultados en la parte central. Cuando acabé de dibujarlo hasta en sus más pequeños detalles, estuve a punto de llorar de nostalgia; tal era el amor que empezaba a sentir por la desconocida.

Entre tanto, el tiempo transcurrió sin que yo fuera capaz de tomar ninguna determinación respecto a mi futuro inmediato. Finalmente, a una hora que podríamos situar entre las 19.00 y las 22.00 (yo me había metido en el armario a eso de las 17.00) regresaron los pasos y las voces. Se trataba de nuevo de la mujer, acompañada ahora del marido, que parecía llegar de trabajar en ese momento.

Escuché algunos comentarios sobre la funcionalidad y la belleza del mueble. El marido, en general, parecía bastante indiferente y contestaba con monosílabos a los juicios de la desconocida.

Al fin se fueron —a cenar, supongo— y regresaron a la habitación dos o tres horas después de esta breve visita. Escuché los ruidos que hicieron para desnudarse e introducirse en la cama, así como los vanos intentos de la mujer para iniciar una conversación que no llegó a cuajar. El marido parecía poco sensible a las preocupaciones de su esposa y en seguida conectó la radio sin que se produjera ningún otro suceso interesante. Yo me acomodé en mi rincón y no me costó mucho conciliar el sueño. Me despertó, a una hora indeterminada, el zumbido de un despertador. La pareja, al otro lado del armario, se puso en seguida en movimiento y yo adopté la postura del día anterior ocultándome parcialmente en el recoveco del armario, que fue abierto un par de veces en el plazo de diez minutos.

Finalmente, se oyó el ruido lejano de una puerta y todo quedó en silencio. Supuse que la pareja se había ido a trabajar y salí del armario sin adoptar mayores precauciones. Eran las ocho y media de la mañana y la casa estaba vacía. La recorrí perezosamente, deteniéndome en aquellos detalles que pudieran darme alguna información sobre sus inquilinos sin encontrar nada realmente interesante. Se trataba de un matrimonio vulgar y —a juzgar por el paisaje que se veía desde las ventanas— vivían modestamente en una casita baja del extrarradio de la ciudad (extrarradio que se ha convertido hoy en una carísima zona residencial, en la que tengo importantes intereses económicos).

Sin embargo, la mujer era bellísima, tal como pude comprobar por la contemplación de una foto que encontré en el salón; su belleza sobrepasaba en mucho a mis fantasías. Sentí un amor enorme por aquella figura y un desprecio notable por el marido, insensible y frío como un mueble macizo.

El hambre me condujo en seguida a la cocina. La nevera estaba bien provista de embutidos y quesos. De manera que me preparé un café y comí con ganas, pensando sobre todo en que tampoco esa noche podría cenar si me quedaba a vivir en el armario. Cuando me sentí satisfecho, recogí las cosas que había ensuciado y, de paso, fregué algunos cacharros que había en la pila, procedentes de la cena del día anterior y del desayuno. Después, tras dormitar un poco sobre un sofá bastante cómodo que había en el salón, comencé a leer una novela de espías que me enganchó con facilidad.

A eso de las cuatro escuché el ruido característico de una llave al deslizarse sobre su embocadura y regresé al armario.

Los días siguientes transcurrieron de un modo algo rutinario. La pareja tenía unos horarios bastante rígidos, a los que yo me acoplé sin dificultades. Normalmente la mujer permanecía sola en casa por las tardes, dedicándose a las tareas del hogar o hablando con su madre desde un teléfono situado en la mesilla de noche. El marido llegaba poco antes de cenar y los dos se acostaban temprano sin hacer otra cosa que escuchar la radio, tras haber cambiado dos o tres frases, referidas por lo común a los aspectos prácticos de la existencia.

No me costó trabajo habituarme a este ritmo de vida. Por las mañanas, además de comer, dormitar, leer y atender a mi aseo personal, fregaba los cacharros del día anterior, pasaba la aspiradora y —cada tres días— quitaba el polvo de los lugares más visibles. La mujer se dio cuenta en seguida de que algo estaba ocurriendo en su casa, y una noche, en la cama, le dijo a su marido:

—Tengo la impresión de que una presencia bienhechora nos protege.

—Cosas tuyas —dijo el marido con su indiferencia habitual.

—A veces —insistió ella—, pienso si se tratará de un hermano mío que murió al poco de nacer yo.

—Te estás volviendo loca —replicó él.

Otro día escuché que también le contaba esto a su madre, aunque por teléfono. La respuesta, sin embargo, debió de ser parecida a la del marido, pues la mujer cambió de tema inmediatamente, como si hubiera cometido una imprudencia. El caso es que se guardó el secreto, pero comenzó a prepararme unas comidas maravillosas que dejaba bien a la vista, en la cocina. Yo procuraba comérmelo todo y, si alguna vez estaba inapetente, tiraba los restos por el váter para que no pensara que no apreciaba yo sus desvelos como ella parecía apreciar los míos.

Cierto día, cuando este intercambio de bienes y servicios había llegado a alcanzar un punto difícil de superar por los dos lados, el marido se marchó de viaje por razones de trabajo.

Esa noche, mi deseo y mi amor —o la conjunción de ambos, cuyo nombre ignoro— no me dejaban dormir. De manera que había pasado ya un buen rato desde que ella se acostara, cuando abrí con sigilo el armario y penetré en la habitación con la delicadeza de un cadáver. Suavemente también, me deslicé entre las sábanas y comencé a acariciar su cuerpo con la nostalgia, la tristeza y la dicha con la que un anciano acariciaría al niño que fue. La mujer, lejos de oponer resistencia alguna, se dejaba hacer con una pasividad feroz, repleta de gemidos que parecían salir de todas las aberturas de su cuerpo. Era húmeda como las paredes de una cueva y suave y deformable y tibia como un ramo de plumas. Exploré ansioso cada uno de los pliegues de su cuerpo, y cuando ya estaba suficientemente invadido por su olor, por su tacto, por su ternura, por sus jugos, la arrastré hasta el interior del armario, cerré la puerta, y nos hundimos juntos en un abismo incomprensible, lleno de nada, excepto de su grito y el mío, amplificados ambos por las virtudes del armario y por el aleteo —siniestro y salvador— de los ropajes que contenía el mueble.

De nuestras bocas oscuras no salió una palabra, nuestros ojos no alcanzaron a tocar lo que veían nuestras manos, pero nuestros cuerpos formaron arquitecturas imposibles, sueños, acoplamientos en los que su necesidad y la mía quedaron ensambladas para siempre.

Cuando el deseo se debilitó, apareció el cariño, como surge el perfume de un pétalo quebrado. Entonces abrí la puerta de aquella catedral de madera, cogí en mis brazos a la mujer y la deposité en la cama. Puse a su lado los restos del breve camisón con el que se había acostado y regresé a mi lugar. Al día siguiente no oí el despertador. Me levanté feliz a media mañana y empleé el tiempo en limpiar a fondo los azulejos del baño, que estaban algo descuidados. Por la noche salí de nuevo del armario y repetí la experiencia con resultados semejantes.

En fin, soy un hombre de negocios, un padre de familia, un hombre afortunado, al menos desde los parámetros que normalmente se utilizan para medir la dicha de los otros. Pero no soy un filósofo, ni un escritor ni un poeta. No podría expresar, por tanto, con la precisión deseable el significado cabal de aquellas noches ni el modo en que tales sucesos llegaron a inscribirse en mi conciencia. Sí sé que en torno a ellos se han articulado todos los demás hechos de mi vida afectiva y que no ha habido un solo día desde entonces en el que no pensara en aquella mujer, cuya casa abandoné al regreso del marido insensible.

En cualquier caso, la aventura transformó mi carácter, dotándolo de unos matices nostálgicos propios de aquellos seres que sufren una amputación íntima, una carencia, una separación que sólo la muerte es capaz de aliviar, siquiera parcialmente. Entre tanto he ganado el dinero preciso para comprar estos terrenos donde estaba su casa y donde pienso erigir una enorme escultura, tallada en piedra, que reproduzca lo más exactamente posible aquel armario. Tal vez ella, si vive, reconozca el mensaje y comience, como yo, a anhelar la muerte.

PRIMAVERA DE LUTO

Su marido falleció en la primavera y esta muerte alimentó una huida que parecía suceder en su interior y que a veces tomaba la dirección de la felicidad y, a veces, la de la desdicha.

Se llamaba Elena, Elena Grande, pero era menuda y ligera como un suspiro; tal vez por ello la madurez no había hecho grandes estragos en su cuerpo. Conservaba, pues, pese a su edad —cuarenta y tres años— rasgos adolescentes cuya evolución controlaba por las noches frente al mismo espejo en cuyas aguas había visto cómo se diluía la juventud. «Las mujeres envejecemos por los labios», se dijo a sí misma el día del entierro, al regresar a casa liberada del peso de la muerte, pero oprimida por un nudo que sin llegar a identificarse con la angustia guardaba con ella las relaciones de una hermana menor. Al acostarse —libre ya de parientes y amigos que expresaban con los ojos el temor a dejarla sola— comprendió que aquel nudo no desaparecería nunca de su pecho. Tendría, pues, que acostumbrarse a vivir con él, como otros se acostumbran a llevar una prótesis, un cuerpo artificial que, alojado en las vísceras, registraría las sucesivas fases de su acabamiento. Porque ese bulto que ella comparaba con un nudo era en realidad el reflejo de una certidumbre: la certidumbre de la muerte, heredada de su marido, junto a la casa, la pensión, el coche, las acciones y las ansias de vivir, más fuertes cuanto más palpable fuera la existencia de ese temor que había adoptado las maneras de un nudo. Sonrió hacia el techo, mordiendo una esquina de la sábana —como cuando era pequeña—, pensando que la seguridad de que también ella tendría que morirse constituía una especie de curioso embarazo, un embarazo de duración imprevisible (treinta, treinta y cinco años en el mejor de los casos) que daría a luz un cadáver que sin embargo ella no podría ver. En eso, al menos, había conseguido parecerse a los otros, pues Elena había pensado hasta entonces que la muerte era algo que sucedía a los demás, pero que a ella habría de arreglársele de algún modo.

Esa primera noche no durmió. Pero se levantó como si hubiera descansado, dispuesta a construir desde el primer amanecer una nueva rutina que oscuramente presentía como una forma de felicidad basada en el hecho de estar al fin libre y sola. Qué gran acierto, pensó, haber resistido durante tantos años el deseo intermitente de su marido, que anhelaba unos hijos que ella nunca quiso. Qué rara soy, pensó, todas las mujeres desean tener hijos en algún momento de su vida.

Salió de la ducha y se miró, desnuda, en el espejo. Los pechos —gracias quizá a su insignificancia— resistían aún el acoso de la gravedad.

Frente a su pequeñez, destacaba la solidez de los pezones, en los que forma y color se habían ensamblado con una agresividad y una dureza, que volvía locos a los hombres. Los hombros carecían de firmeza, pero por ellos se deslizaba un resto adolescente que nacía en el triángulo formado por los ojos y la nariz y caía con suavidad en dirección al vientre, depósito de tantas ausencias deseadas. Entonces, se subió al taburete de madera y contempló el reflejo de los muslos y la mancha excesiva del pubis; se sentía orgullosa de aquella abundancia de la que en otro tiempo se había avergonzado; su experiencia con los hombres le había conducido a aceptarla con placer.

Evitó la tentación de darse la vuelta para contemplar el abanico hendido de sus nalgas, porque mantenía con ellas un desacuerdo antiguo que no le pareció conveniente ratificar en ese día. Descendió, pues, de la banqueta y jugó con el desorden de su melena mientras musitaba: «El cuerpo, el cuerpo, lo único de lo que somos propietarios; la inteligencia, el alma, es el producto de la mirada de los otros».

Tomó, maquinalmente, el cepillo de dientes, colocó la pasta sobre él y al introducirlo en la boca notó un tacto que no le era familiar. Miró el cepillo y advirtió que era el de su marido. Entonces sufrió una acometida de desamparo y lloró, sujetándose al borde del lavabo, con una violencia sentimental que había sido incapaz de desarrollar los días anteriores, frente al cadáver y frente al rostro desolado de parientes y amigos que quizá habían esperado este desahogo que sólo era capaz de ofrecer a su propio reflejo.

Cuando el llanto cesó, envolvió su cuerpo en una bata y regresó al dormitorio; se acurrucó en una esquina de la cama y con los ojos puestos en el enorme espejo del tocador esperó a que naciera dentro de ella una decisión. El sol comenzó a iluminar una esquina de la habitación como un foco plano, capaz de proyectar una franja de luz sin volumen, en cuyo interior navegaban al azar pequeñas partículas de materia con las que Elena sintió una identificación momentánea. Después cogió el teléfono de la mesilla y marcó el número de su madre.

—Hija —escuchó al otro lado, tras identificarse—, no te había llamado todavía por miedo a despertarte. Pero estamos tan preocupados por ti...

—Estoy bien, mamá, estoy bien —dijo—. Mira, voy a pasar el día fuera, tengo que arreglar muchas cosas. Quería pediros un favor.

—¿Qué necesitas?

—Que vengas con la asistenta, o con quien tú quieras y, mientras yo estoy fuera, recojáis las cosas de Luis.

—Pero —objetó la madre— deberías estar presente para ver qué quieres conservar.

—De momento no quiero conservar nada, mamá —respondió Elena con tono de impaciencia y de súplica—. Quiero que alguien se lleve sus trajes, su máquina de afeitar, sus zapatos, su... su cepillo de dientes. Todo.

—Pero tu suegra querrá algunas cosas —insistió la madre.

—Habla tú con ella y dale lo que quieras; lo demás puedes tirarlo o guardarlo en un trastero.

—Bueno, hija, bueno, no te alteres. Ahora debes estar tranquila. Tómate las pastillas que te dio tu padre. Yo... yo te digo todo esto porque pienso que quizá no debieras mostrar una actitud tan despegada. Ya sabes que a Luis no se le hizo la autopsia porque el médico que le atendió fue compañero de tu padre, pero...

El haz plano de luz se había desplazado en dirección al tocador y parecía haber penetrado como un cuchillo en el espejo en el que los años habían ido diluyendo la juventud de Elena. Las partículas de materia erraban de un lado a otro como buscando una salida. Ella escuchaba entre tanto las advertencias de su madre sabiendo que ése era el precio que tenía que pagar a cambio de que se ocupara de realizar las cuestiones de orden práctico que a ella le resultaban más incómodas.

Cuando colgó el auricular, sintió una fortaleza extraña que atribuyó al hecho de ser tan diferente, tan diferente de su propia madre y del resto de las mujeres de las que había dependido a lo largo de su vida. Así pues, la breve conversación telefónica sirvió al menos para constatar un hecho —el de su propia especificidad— del que quizá no fuera responsable, pero al que no estaba dispuesta a renunciar.

Cuando salió a la calle, la primavera le pareció excesiva. Vivía en un barrio caro, lleno de árboles y de sucesos atmosféricos, en el que las estaciones parecían detenerse para realizar con cierto esmero el trabajo que en otras zonas más ásperas de la ciudad pasaba inadvertido. Luego vendrá el verano, pensó, y contemplaremos el otoño antes de atravesar las puertas de nuestra verdadera casa: el invierno. Y yo estaré sola, sola y con experiencia, sola y libre, sola y feliz o desdichada, pero sola, sola, sola... Pronunció la palabra *sola* muchas veces hasta formar con ella una cadena de sonidos sin significado. Luego, como si hubiera olvidado algo, regresó al portal y bajó en el ascensor hasta el garaje. El anciano que cuidaba los automóviles musitó con torpeza unas palabras de pésame. Elena se acercó al coche de su marido y lo contempló durante unos instantes con un gesto en el que alguien más perspicaz que aquel anciano habría advertido un tono de nostalgia. Era un buen coche, como todo lo que ellos habían poseído —incluido el amor— y en él habían perpetrado algunas locuras sentimentales que llenaron en otro tiempo la existencia de ambos. Elena conocía ese coche como se conoce la propia habitación. Desde aquellas ventanas había contemplado paisajes, calles, ciudades. En su interior había vivido momentos de gozo irrevocables, instantes de locura irrepetibles en los que su menudo cuerpo se amoldaba a las limitaciones del espacio y a las raras exigencias de Luis para obtener a cambio las mayores descargas de placer que era capaz de recordar. Y luego, cuando se arreglaba las ropas y entreabría los ojos, se encontraba con la sorpresa del afuera: un paisaje nevado, el muro sucio de un aparcamiento, la fachada de una catedral, una tormenta... El coche era una burbuja protectora, con asientos de piel y cigarrillos al alcance de la mano, en la que se deslizaban por el mundo, por la vida, con breves intervalos dedicados al vicio del amor.

—Es un buen coche —musitó detrás de ella el anciano.

—Quiero que usted se ocupe de venderlo. Cuanto antes; no importa el precio. De todos modos, le daré el diez por ciento de lo que consiga obtener.

El anciano reprimió un gesto de codicia y Elena ganó de nuevo la calle, donde tomó un taxi que la llevó hasta el centro. Había pedido hora en una peluquería diferente a la que solía ir y, como aún era pronto, decidió hacer tiempo paseando frente a los escaparates para sentirse dueña de sí misma y de las calles, dueña de una vida que podría parecer desolada, pero que era, al fin, una vida propia, ajena a las necesidades de los otros, ajena incluso a las necesidades de ella misma.

Experimentó diversos modos de andar, diversos modos de moverse en el interior de las tiendas; ensayó una personalidad nueva: estaba naciendo, estaba naciéndose a sí misma y aunque no había cantidades notables de placer en ese alumbramiento, intuyó que la cuestión no radicaba ahí, sino en el hecho mismo de nacerse y de verse nacer.

Al poco, advirtió que algunos transeúntes se fijaban en ella con un exceso impertinente, como si llamara la atención por algo. Se detuvo frente a un escaparate y observó su rostro, en el que se acumulaba el cansancio de las noches pasadas junto al moribundo. Le pareció un rostro en mal estado, pero recuperable con un poco de descanso y los cuidados químicos necesarios. Se tocó los labios sin pintar. Los labios, pensó, la vejez entra por los labios. Después observó los ojos y el cerco ceniciento que a su alrededor habían ido formando las ojeras. Tenía toda la zona irritada a causa del llanto; quienes la miraban veían en ella a una mujer que acababa de llorar. Una mujer bien vestida con el rostro abatido.

Entró en una perfumería y compró unas gafas de sol. No eran unas gafas de sol vulgares, eran de la mejor marca y le iban muy bien a su rostro. Se las probó varias veces y pidió consejo al dependiente.

—Parece usted una actriz, una actriz que intenta pasar inadvertida —dijo.

—Parezco una actriz —repitió ella—. ¿Qué clase de actriz?

—No sé —respondió el empleado algo sorprendido por esta respuesta—; una actriz antigua, de las misteriosas.

—¿Como Greta Garbo? —preguntó ella.

—Eso es —dijo el dependiente repentinamente iluminado—; me recuerda usted a una foto que vi de Greta Garbo en un supermercado. Llevaba unas gafas parecidas.

Elena se sorprendió al escuchar el precio. Nunca, hasta entonces, se había comprado ese complemento e ignoraba que también el diseño y la exclusividad lo hubieran llegado a encarecer tanto. De todos modos, pagó, se colocó las gafas y salió de nuevo a la calle. La realidad era muy diferente ahora. Todo —el sol, los perfiles, el tráfico— parecía más atenuado. Y ella contemplaba algunos aspectos de esa realidad rebajada desde el otro lado de algo, desde el otro lado de sus gafas. Se sonrió frente a un escaparate. La vida es rara. Elena siempre había desconfiado de la gente que llevaba gafas de sol considerando que alguien que necesitaba esconder sus ojos al resto del mundo, carecía de la destreza necesaria para ocultar sus intenciones de otro modo. Con Luis, su marido, jugaba a veces a desvelar el carácter de esta clase de personas:

—Mira ése —decía—, las lleva para mirar a gusto a las mujeres. Pero no oculta nada, excepto unos ojos de pájaro.

—Mujer —respondía Luis condescendiente—, hay gente que las lleva para protegerse del sol.

—Para eso están las cejas. Y las pestañas.

El verano pasado había llegado a clasificar a todas sus amistades en función del dato de las gafas. Colocó a los que usaban esta prótesis móvil en un mismo apartado bajo el nombre general de *los otros.*

Ahora sonreía pensando que ella se había pasado también a ese bando. Probó a mirar directamente al sol y comprobó que no le hacía daño. Sintió hambre y entró en una cafetería donde todavía estaban sirviendo desayunos. Junto a ella, en la barra, una anciana mojaba churros en una taza de chocolate con un gesto de codicia y placer que llamó la atención de Elena. Cuando se acercó el camarero, se quitó las gafas y pidió lo mismo para ella. De repente, la realidad se volvió hostil: el camarero tenía granos y, la anciana, bigote. Volvió a ponerse las gafas y los volúmenes adquirieron de nuevo un tono reposado. Miró a su alrededor, ligeramente avergonzada de tener hambre, y hambre de chocolate con churros, en una fecha tan cercana al fallecimiento de Luis. No vio ningún rostro conocido.

La anciana se volvió a mirarla y apreció el gesto de placer de Elena al llevarse a la boca el primer bocado. Dijo:

—Aquí es donde mejor los ponen.

—¿Perdón? —respondió Elena inclinándose hacia la anciana y reprimiendo el impulso instintivo de quitarse las gafas para hablar con ella.

—Que aquí es donde mejor ponen los churros, con su azúcar glasé y todo por encima. Y el chocolate no es de máquina, como en otras cafeterías.

—Ya —dijo Elena.

Pasaron unos instantes y la anciana volvió a hablar:

—Me alegra ver que usted disfruta con lo mismo que yo. Tengo una hija de su edad que no entiende que para mí lo más importante de la vida sea este momento; me da mucho gusto comer chocolate con churros.

Elena se interesó por este placer y suavizó su gesto para que la anciana se confiara, pero no llegó, sin embargo, a quitarse las gafas para mostrar sus ojos.

—La gente joven, por lo general —añadió la anciana—, se cree que los viejos no tenemos placeres, que lo nuestro es la muerte y se acabó. Pero yo vivo pensando en este momento. Los churros y la radio son mi perdición. Si no estoy escuchando la radio, estoy comiendo churros. Y al revés. La gente piensa que no hay más gusto que el de uno. Y no, hay otros.

Elena miró desde las gafas a la anciana y pensó unos instantes en el modo de prolongar la conversación. Aquella mujer parecía tener algunas claves importantes de la vida. Tal vez la vida, desde la madurez, no consistiera en otra cosa que en el desarrollo de placeres pequeños y accesibles. Con el tiempo y los cuidados precisos, estos placeres podrían constituir el núcleo de una existencia repleta de sentido. Dijo:

—¿Viene usted aquí todos los días?

—Qué más quisiera yo —replicó la anciana—; cuando vivía mi marido, sí. Veníamos todos los días, por la mañana y por la tarde. Pero ahora, con la pensión que me ha quedado, sólo puedo venir tres días a la semana. Pero vivo pensando en esos días, en ese momento de entrar en la cafetería y pedir mi chocolate con churros. ¿Usted me entiende?

—Creo que sí —respondió, desconcertada, Elena.

—Pues mi hija, no.

—Yo también soy viuda —dijo Elena considerando que con esta confesión realizaba un acto de honestidad gratuito y liberador. Era la primera vez que se refería a sí misma con este término —viuda— y consideró que se estaba naciendo muy deprisa.

—Soy viuda —repitió y pensó en el significado de esa palabra oscura: una mujer que ha sobrevivido a su marido; una mujer que de súbito está sola, aunque gozando de los privilegios que produce el cadáver de un marido acomodado: seguro de vida, pensión alta, casa, ahorros, posesiones diversas. «Soy una viuda acomodada y joven, una viuda que se puede gastar mucho dinero en comprar gafas de sol.»

—Qué pena —dijo la anciana rebanando el chocolate de la taza—, debe ser usted una viuda reciente.

—De dos días —respondió Elena desolada, con ganas de llorar, y pensó que había comenzado a madurar como viuda al mismo tiempo que Luis empezaba a madurar como cadáver—. Qué raro —añadió.

—A ver, enséñeme los ojos —dijo la anciana.

Elena se quitó las gafas con torpeza y mostró unos ojos fatigados, pero secos.

—Mucho han llorado esas dos perlas —añadió la anciana—. Pero come, hijita, no te dé vergüenza comer.

Elena volvió a ponerse las gafas y endureció el rostro. No le había gustado que la anciana descendiera al tuteo por vía de la lástima. «Sólo quiere que la invite», pensó.

Pagó su consumición y salió a la calle. No podía dejar de ser consciente de que llevaba gafas de sol. Ese dato parecía capaz de transformar su vida. Las llevaré también por la tarde y por la noche, se dijo, y veré con ellas la televisión.

En la peluquería confesó de nuevo que era viuda, pero en otro tono. El peluquero que la atendía era capaz de frivolizar estos aspectos turbios de la vida y animó a Elena a persistir en ese estado mucho tiempo.

—Una viuda joven —dijo— sugiere muchas cosas.

—¿Qué clase de cosas? —preguntó Elena divertida.

—Cosas negras, con encajes y rincones sin explorar, si me permite expresarlo así —replicó el peluquero.

—Lo ha dicho usted muy bien —contestó Elena.

—Y ropa interior oscura, quizá morada, que certifica la existencia de un dolor que desde algún punto de vista podría resultar excitante.

—Es usted un poeta —dijo Elena sonriendo abiertamente. Se encontraba muy cómoda.

—Soy un artista —concluyó el peluquero—. Ahora no va a tener más remedio que quitarse usted las gafas.

Elena obedeció, pero la realidad no le resultó agresiva. El local parecía una casa de muñecas o un útero, dentro del cual todo discurría con la tranquilidad que sugerían los colores de las paredes y los uniformes limpísimos de los empleados. Mientras recibía un inteligente masaje en la cabeza, evocó su ropa interior, que, gracias al tamaño de su cuerpo, adquiría siempre en establecimientos para adolescentes. Recordó que para el entierro de Luis se había comprado un conjunto negro que podría haber llevado una joven de quince años y con el que se sentía realmente muy seductora. Su buen humor comenzaba a dirigirse al sexo, pero sabía que aún era pronto. Unos dedos delicadísimos tocaban ahora con método su rostro y el olor de las cremas la aturdió dulcemente, casi hasta el sueño. Pero no se durmió porque quería sentir el placer de saberse tocada, y de pagar por ello. Entonces pidió que le hicieran también las manos.

«Tengo que hacer frente a Jorge», pensó con los ojos cerrados; «mejor hoy que mañana». Jorge era un amante con el que había mantenido una relación tan intensa y duradera que había llegado a convertirse en «el amante». Su relación con él había fortalecido su matrimonio con Luis. Le gustaba ir del uno al otro y pensaba que el mantenimiento simultáneo de las dos relaciones producía una suma de experiencia de la que se beneficiaban ambos. Sin embargo, el peso de Jorge en su vida había comenzado a resultar excesivo en los últimos tiempos y ello había provocado en Elena las primeras fantasías acerca de la muerte de Luis, como si su existencia comenzara a interponerse entre ella y Jorge. Ahora —apenas pasadas cuarenta y ocho horas desde el fallecimiento de Luis— la relación con Jorge había perdido todo interés. Es mejor afrontarlo, pensó.

—Se acabó —dijo el peluquero con una sonrisa de satisfacción.

Elena regresó del sueño atenuado en el que había permanecido y se contempló en el espejo. Era otra, al fin, era otra. Le habían cortado la melena —que llevaba consigo desde la niñez—, dejándole el pelo muy corto por los lados y por la nuca.

Sobre la frente caía, como sin artificio, un mechón de pelo veteado que otorgaba a su rostro un aire de muchacho inquieto con el que se sintió identificada. La cara, gracias a los masajes y a las cremas, había perdido las señales del agotamiento. En cuanto a los ojos, unas gotas oportunas habían eliminado las señales del llanto. Se acercó al espejo. Dijo:

—Los labios, se me notan los años en los labios.

—Debe usted cuidárselos —contestó el peluquero. Y le dio una crema con «poderes mágicos» para que se la aplicara por las noches.

—Todas las noches —insistió—; y no se le ocurra tomar el sol sin protegérselos con un papel de fumar. Recuerde esto y la próxima vez que venga a vernos tendrá tres años menos. Ah, y no se maquille hasta mañana o pasado, conviene que la piel respire.

Elena se puso las gafas de sol y volvió a mirarse en el espejo. Era otra. Pidió un teléfono y llamó al despacho de Jorge. Quedaron en comer juntos.

Jorge no reconoció a Elena hasta que ésta le hizo una seña desde la mesa. El restaurante estaba lleno de hombres de negocios, pero a ellos les habían puesto en un rincón algo apartado.

—¿Qué te has hecho?—preguntó mientras se sentaba.

—He cambiado, soy otra —repuso Elena con una tranquilidad inquietante.

Jorge parecía desconcertado. Musitó unas palabras torpes y escasas que pretendían ser una muestra de solidaridad por el fallecimiento de Luis y le rogó que se quitara las gafas de sol.

—No, no —respondió ella—, tengo los ojos enrojecidos de llorar.

La conversación resultó curiosa. Elena advirtió en seguida que Jorge tenía miedo a la nueva situación. Sin duda, pensaba que el hecho de que ella estuviera libre podría modificar sus relaciones; temía, pues, que Elena intentara forzarle a abandonar a su mujer. Este temor le condujo a perpetrar algunas mezquindades verbales que a Elena, desde su posición, le parecieron divertidas. Sin embargo, cuando comprendió que ella, más que aferrarse a él, pretendía eliminarlo de su vida, cambió de actitud. La distancia puesta por Elena disparó de nuevo su deseo.

—¿Quieres que vayamos a un hotel? —preguntó en los postres.

—No quiero que vayamos a ningún sitio, Jorge. Olvidas que acaba de morir mi marido.

—Pues no lo parece —respondió con crueldad observando el nuevo peinado de Elena—. Quítate las gafas, por favor.

Elena se quitó las gafas con gesto de paciencia y las dejó sobre la mesa. No fue, sin embargo, un acto mecánico, porque había notado cómo su brazo se elevaba y luego había sentido en los dedos el tacto de la patilla y el peso de las gafas de sol; escuchó también el golpe suave de éstas sobre el mantel.

—Dame un cigarro —dijo.

—No tienes los ojos irritados —respondió él.

—Me han puesto un colirio en la peluquería. Dame un cigarro, por favor.

Fumaron en silencio, como a la espera de que la situación encontrara un cauce definitivo, satisfactorio para ambos. Elena, en realidad, pensaba en las gafas y en esta nueva utilidad recién descubierta: la de quitárselas o ponérselas en determinados momentos de una conversación, pero también la de jugar con sus articulaciones mientras permanecían sobre la mesa. Intuyó que había todo un lenguaje en esos gestos y decidió que en sus relaciones con este nuevo objeto nunca entraría la rutina.

Jorge debió advertir que la atención de Elena no estaba puesta en él. Dijo:

—Nunca has usado gafas de sol y ahora parece que son lo más importante de tu vida.

—Es el primer objeto que he descubierto por mí misma —respondió ella con gesto sombrío.

—Mira, Elena —añadió él—, es natural que estés nerviosa y rara. Has sufrido una pérdida importante y has pasado varios días junto a un moribundo. Sé que eso es duro porque yo soporté la agonía de mi padre y salí de la experiencia bastante tocado. No sabes cómo he sentido no poder estar junto a ti en esos momentos tan difíciles. Pero ahora puedo ayudarte. Si quieres, dejamos pasar unos días y te llamo. Ahora ya podré llamarte a cualquier hora.

Elena se puso las gafas y preguntó:

—¿Te casarías conmigo?

—Sabes que eso no es posible —repuso él volviendo a la situación de inseguridad del principio—; en nuestras relaciones nunca ha estado presente esa posibilidad.

—Pero ahora soy viuda.

—Quítate las gafas, por favor.

—No quiero quitarme las gafas. Ahora soy viuda. Alguna vez has dicho que si yo estuviera libre dejarías a tu familia. Ahora estoy libre. ¿Vas a dejar a tu familia?

Jorge parecía desconcertado por la agresividad de tales planteamientos. Quería huir, pero también quería quedarse, excitado, sin duda, por las novedades que presentaba aquella mujer. Elena advirtió su excitación. Se quitó, ensayando un nuevo gesto, las gafas. Dijo:

—¿Verdad que una viuda sugiere muchas cosas?

—¿Qué quieres decir? —preguntó él.

—Mira —añadió ella mostrándole las gafas de sol—, son oscuras como una viuda, pero las patillas, cuando se abren y se cierran, parecen dos largas piernas de mujer. Donde acaban las piernas, siempre hay una sorpresa; en este caso, una sorpresa de oro.

Abrió despacio una de las patillas y le mostró en las profundidades la articulación dorada que unía las partes del objeto.

—Estás loca —dijo Jorge sin poder ocultar la excitación que le producía aquel juego.

—Yo soy como estas gafas —dijo ella—, pero mi zona dorada es menos accesible.

—Te llamaré un día de éstos, Elena.

—No lo hagas, me voy fuera una temporada —mintió.

La despedida fue rara y desigual, como el propio encuentro, pero Elena se sintió liberada de aquel peso que ya no le producía placer.

Al regresar a casa, en el taxi, pensó que le vendría bien irse a la costa una temporada. En la ciudad estaría expuesta a llamadas inoportunas, a insoportables visitas de consuelo y al acoso de sus padres. En los próximos días, todos la perseguirían para hacerla feliz. Pero ella, por el momento al menos, no pretendía ser feliz. Quería observarse, mirarse, ver hasta dónde era capaz de soportar la soledad y qué partido podía sacar de ella. Anhelaba observar el paso de los meses, el paso de la vida, frente a una mirada protegida por cristales oscuros y desprovista ya de pasiones inmediatas, de deseos impuros, de lazos afectivos que conducían siempre a depender de otros.

Durante los dos días siguientes, resolvió algunas cuestiones prácticas, firmó papeles, se hizo con el control de sus cuentas bancarias y reservó habitación en un hotel de la costa mediterránea. El coche se había vendido el mismo día de ponerlo a la venta, de manera que encargó a su abogado la tramitación de la transferencia, dejándole firmadas las autorizaciones oportunas. No quiso verlo, no quiso despedirse del coche, en el que aún habían quedado cosas personales de ella y de Luis que el portero recogió y guardó en una caja que fue directamente al trastero de la casa.

Se despidió de sus padres por teléfono. Su madre todavía realizó un último intento. Dijo:

—Hija, tu padre y yo somos partidarios de que te internes hasta que hayas encajado todo esto. Recuerda que tus crisis han coincidido siempre con momentos de tensión excepcionales.

Elena respondió con cierta grosería a la propuesta de su madre y advirtió que a ésta no le disgustaba demasiado tener a su hija bien lejos. O internada o lejos, pensó.

—¿Tienes bastantes pastillas o le digo a tu padre que te envíe una receta? —preguntó finalmente.

—Tengo pastillas, mamá, es lo único que me habéis dado toda la vida. He ahorrado pastillas para pasar tranquila el resto de mis días. No te preocupes.

Permaneció un mes en la costa, cerca de un pequeño pueblo de pescadores al que solía ir a merendar todas las tardes. Dada la fecha —finales de mayo y primeros de junio— el turismo era escaso y la tranquilidad absoluta. Elena practicó un tipo de vida sencillo. La cercanía del mar y las pastillas recetadas por su padre le bajaban la tensión y la obligaban a dormir muchas horas. Se levantaba, pues, bastante tarde, siempre excitada por la presencia segura de las gafas de sol en la mesilla. El primer movimiento del día estaba destinado a las gafas. Se metía con ellas en la ducha y dejaba que el agua discurriera por la montura y por los cristales. Luego las secaba con un pañuelo de papel y ya no se las quitaba en todo el día, excepto para jugar con ellas ejercitando movimientos dirigidos a seducirse a sí misma. Llegó a manejarlas con soltura, tanto si utilizaba la mano derecha como la izquierda, pero cada mano tenía un significado distinto. Cuando se las quitaba con la izquierda, algo no iba bien en su estado de ánimo. Aunque evitaba ponerse sombría, algunas tardes le atacaba una especie de mal humor, que combatía con un tranquilizante disuelto en una copa de coñac.

Por las mañanas tomaba el sol en la piscina del hotel. No le gustaba bajar a la playa. Dedicaba esas horas previas a la comida, a la siesta y a leer. Leyó algunas novelas policíacas que no le dejaron un recuerdo especial. Lo que más le gustó fue un cuento de una autora inglesa que le recomendaron en la librería del hotel. Contaba la historia de una mujer aficionada a ir al bosque y a cerrar los ojos frente a los árboles sin dejar por eso de caminar; esperaba que algún día los árboles desaparecerían, como piensa el avestruz que desaparece el enemigo al esconder el rostro en un agujero. Naturalmente, la mujer se pasa la vida golpeándose contra los troncos, por lo que anda siempre con el cuerpo y la cara magullados. Sin embargo, no ceja en su empeño investigador, añadiendo nuevas formas de andar y nuevas actitudes mentales frente al bosque, que a su vez se traducen en heridas nuevas y en magulladuras que van adquiriendo poco a poco el color oscuro de la corteza de los árboles. Un día, finalmente, cierra los ojos con todas sus fuerzas y emprende una loca carrera en dirección a un grupo de pinos centenarios. Sorprendentemente, cuando la mujer calcula que ha superado la distancia que la separaba de los pinos, no encuentra ningún obstáculo. Sigue corriendo, pues, sin tropezar con nada y observa también que no se cansa. Entonces, abre los ojos y observa que ha penetrado al fin en un espacio diferente, luminoso y sin árboles, por el que puede correr eternamente sin sentir cansancio ni dolor.

Unas páginas después de esta descripción, el lector advierte que la mujer ha muerto al golpearse, en su loca carrera, con un árbol y que, por consiguiente, el nuevo espacio en el que ha conseguido penetrar es el de la muerte. Este final decepcionó un poco a Elena, pero el relato, en líneas generales, le gustó y le proporcionó algunas ideas con las que se entretuvo durante la siesta, antes de dormirse.

El placer de leer al sol constituyó también una novedad en su existencia, pero no ignoraba que se lo debía a las gafas con cuyos magníficos cristales podía mirar al cielo en pleno mediodía sin sentir ningún daño. Tal como le recomendó el peluquero, se protegía los labios con papel de fumar. Gracias a ello y al cuidado de las cremas mejoraron bastante durante estos días.

Dedicaba las tardes a la ensoñación y al recuerdo. Se sentaba en la terraza de un bar, frente al pequeño puerto, y pedía algún pescado ligero que acompañaba con sorbos de cerveza. Entonces repasaba la agonía de Luis, su marido, y efectuaba algunos juicios estimativos sobre su propia actitud frente a aquel proceso mortal. Sonreía al pensar que había sorprendido a propios y extraños por la fortaleza que mostró durante aquellos días difíciles. Luis permaneció en coma tres días antes de morir. Para entonces, desde el punto de vista de Elena, la enfermedad había perdido grandeza porque era una enfermedad que no producía dolor. El cuerpo de Luis se convirtió, en esas jornadas previas a su acabamiento, en un mero recipiente de productos químicos que ocasionalmente alteraban el ruido y el ritmo de su respiración. Tendría que olvidar aquellos ruidos, capaces aún de producir alguna culpa, y borrar de su memoria el estertor final. Tenía la impresión de que aquellos estertores constituían un modo de revelarse, una manera de decir que no.

Curiosamente, siempre que retomaba este recuerdo, lo hacía desde el punto en el que Luis fue internado. Nunca antes. Otras veces, perdía la vista en el aire y mientras contemplaba la evolución de las gaviotas, excitadas por la llegada de los barcos, se acordaba del coche, ya vendido a otro, en el que Luis y ella pasaron tantas horas felices. Pero en estos casos no evocaba a Luis, sino al objeto, al automóvil, como si éste fuera el intermediario entre ella y el placer, del mismo modo que las gafas eran las intermediarias entre ella y el mundo.

Una tarde, después de haber bebido tres cervezas (dos más de lo habitual) imaginó que era una mujer de cuarenta y tres años que vivía en un pueblo de la costa. Por las mañanas, se ocupaba de la casa y de los animales que tenía a su cuidado, y por las tardes se iba a pescar hasta que el sol caía. Luego, sentada en el porche de su casa, pelaba verduras para la cena mientras veía jugar en las calles a los hijos de los vecinos y saludaba a los transeúntes que se afanaban en una u otra dirección. La vida discurría ajena a su secreto: era eterna.

La idea de la eternidad, o quizá las cervezas (ese día había tomado también dos pastillas más de lo habitual), le produjeron un punto de angustia que fue a instalarse en el pecho, junto a aquel nudo que crecía de forma insensible en su interior y que era el germen de su propio final. Miró al cielo, al objeto de defenderse de este pequeño ataque de angustia, y contempló la evolución desordenada de las gaviotas. Pero la angustia siguió creciendo como en círculos concéntricos en el interior de su pecho. Imaginó entonces que era una gaviota. Las gafas de sol le facilitaron mucho esta maniobra, pues sintió que su rostro se quedaba oculto tras los cristales, mientras ella —sin que nadie lo advirtiera— se elevaba hasta alcanzar una altura sorprendente. Desde esa altura contempló la mesa frente a la cual estaba sentada ella, sin espíritu, pero disimulando su ausencia con la ayuda de las gafas de sol. «Nadie se ha dado cuenta», pensó, y continuó planeando en dirección a un grupo de gaviotas que iba a posarse en la cubierta de un pequeño barco. Cuando se acercó a ellas, advirtió que la angustia no había desaparecido, sino que se había transformado. Padecía ahora una angustia de gaviota, por decirlo así, y no sabía cuál de las dos era peor. Notó en el grupo, a medida que ella se acercaba, un movimiento de rechazo expresado con un raro batir de alas que desde luego no era amistoso. Pese a ello, se posó en el barco, junto a las otras aves, y comenzó a picotear los restos de un pescado roto. Las manifestaciones de rechazo aumentaron, pero Elena siguió allí, para ver hasta dónde podían llegar. En esto, una de las aves se acercó a donde ella comía, y le profirió un picotazo rapidísimo que le hirió en el cuello. Entonces, presa de una furia terrible y novedosa, se lanzó contra la agresora y con dos picotazos habilísimos le sacó los ojos. Después, la apresó entre sus patas y comenzó a abrirse camino hacia el corazón de su enemiga que —ahora lo advirtió— era mucho más vieja que ella. La eficacia del pico superior era sorprendente: penetraba entre las plumas y en la carne con la destreza de un cuchillo preparado para tal fin. Cuando su rabia quedó colmada, se separó del pájaro, que quedó muerto en medio de un desorden de plumas. Entonces observó que el resto de las gaviotas huía de su furia vengadora y también ella emprendió el vuelo —atenazada aún por aquella angustia de ave que no sabía controlar— en dirección a la vertical de la mesa en la que merendaba. Vio su figura en la misma postura en la que la había dejado, y descendió hacia ella con suavidad. Una vez dentro de su cuerpo, miró hacia el barco y vio un amasijo de sangre y plumas. Un camarero comentó cerca de ella:

—Jamás había visto pelear de ese modo a dos gaviotas y nunca que llegaran a matarse. Ha sido horrible.

Elena pidió un vaso de agua. La angustia había desaparecido.

Esa noche llegó al hotel algo aturdida. Intentó ver la televisión con y sin gafas, pero se le cerraban los párpados, aunque —una vez cerrados— volvía a despertarse sobresaltada por una suerte de extrañeza que carecía de dirección precisa. Finalmente, decidió ir al baño y prepararse para dormir. Al cepillarse los dientes, notó en la encía un tacto que no era familiar; miró el cepillo y no advirtió nada extraño en él. De todos modos, desde que tomara por equivocación el de su marido muerto, la hora de la higiene bucal representaba siempre una pequeña amenaza que no había logrado conjurar. «La memoria —dijo—, ¿dónde residirá esa capacidad maldita de evocar sin descanso?».

Y como si de este modo hubiera puesto en marcha la invisible maquinaria del recuerdo, le vino a la cabeza la imagen del entierro de Luis, pues en su transcurso había sucedido una rareza de la que no había vuelto a acordarse hasta ese día. Hacía mucho sol, aunque el calor no era excesivo gracias a una brisa constante de aire fresco que procedía de la sierra, donde había nevado en los primeros días de mayo. Ella estaba en uno de los lados de la tumba, flanqueada por sus padres y sus suegros, observando, atónita, los preparativos para hacer descender el ataúd. El resto de los familiares y amigos permanecían distribuidos en grupos detrás de ellos, guardando una discreta distancia en relación al grupo familiar. Parecía haberse establecido de manera espontánea una jerarquía que marcaba el dolor. Así, la proximidad a la tumba guardaba una relación directamente proporcional con la proximidad familiar del fallecido. Elena llevaba una falda negra y una chaqueta, también negra, que aunque pertenecía a un juego diferente al de la falda encajaba con ésta. La chaqueta era cruzada y formaba un escote en pico que, ante determinados movimientos, se abría ligeramente dejando ver los bordes de la ropa interior. Por eso, se había puesto un pañuelo con el que protegía la uve del escote. Recordó que se había comprado, en la zona joven de unos grandes almacenes, un conjunto negro de sujetador y braga que llevaba ese día. Ambas piezas eran ligerísimas, pero, como estaban recién estrenadas, hacían sentir su presencia en el cuerpo de Elena con la fuerza de todo lo que es nuevo. La etiqueta del sujetador, por ejemplo, se clavaba dulcemente en un punto de su espalda y entonces ella recordaba que llevaba un conjunto adolescente que, sin embargo, encajaba a la perfección con su cuerpo. Le habría gustado no ponerse medias, pero su madre le había dicho que no era propio.

Entre tanto, los obreros habían hecho descender el ataúd y el sacerdote se había colocado en el lado opuesto de la tumba al ocupado por los familiares. A su lado, había un sacristán, vestido también con ropas talares, que sujetaba entre sus manos algún objeto dorado necesario para la ceremonia. Elena mantenía la mirada baja, en dirección al ataúd, mientras el cura recitaba sus oraciones. Los obreros, discretamente alejados de la ceremonia, se protegían del sol utilizando la mano a modo de visera. En esto, Elena levantó los ojos y vio frente a ella al sacristán y al cura, pero el cuerpo del sacristán no producía sombra. Le pareció raro.

Ahora, mientras se dormía en la habitación del hotel después de un día tan agitado, lamentó no haberse fijado con más detenimiento en ese detalle para comprobar si se trataba de una ilusión óptica o de algo más misterioso. «Cuestiones de este calibre —pensó— suceden todos los días, pero nuestros sentidos no las ven».

En cualquier caso, el balance de aquellos días era muy positivo. Elena regresó a la ciudad fortalecida, morena y reconciliada con sus nalgas. No había cedido en ningún momento a la tentación de entablar nuevas relaciones, aunque oportunidades no le habían faltado. En realidad, se habían dado las oportunidades, pero no había aparecido la tentación, de manera que no hubo lucha interior en ese sentido.

Se sentía lista, pues, para envejecer sola, abierta a posibilidades nuevas, pero sin correr detrás de ellas. Eso era lo que esperaba de la vida: una paz alejada de viejas dependencias que producían sufrimiento y dicha a partes iguales. En el futuro, todo sería dicha, exceptuando lo que pudiera venir de aquellas zonas de la existencia cuyo comportamiento no podía dominar. Pero para defenderse de esas partes desagradables de la realidad tenía las gafas de sol y contaba también con una serie de hábitos, de pequeñas rutinas adquiridas durante su estancia en la costa, que ahora habría de perfeccionar, adaptándolas al paisaje de la ciudad y al interior de su piso de viuda.

Lo primero que hizo el día de su llegada fue revisar la correspondencia que el portero le entregó con gesto solidario, al tiempo que le preguntaba si deseaba alquilar o vender la plaza de garaje. Elena sintió una pequeña punzada de dolor en la zona del nudo al recordar que tendría que enfrentarse a la ausencia del coche. «El coche, cuánto significado tienen los objetos», pensó. Ordenó que se pusiera en venta la plaza del garaje, pues sabía que ésta representaba en su existencia un agujero, una llaga con la que tendría que acostumbrarse a vivir, pero que se negaba a estimular.

Entre la correspondencia —dominada por saldos bancarios y notas de pésame que habían llegado durante su ausencia—, encontró siete u ocho sobres escritos a mano, con torpeza por lo general, remitidos por profesionales del mármol y el granito. Todos ellos le ofrecían sus servicios lapidarios para cubrir adecuadamente la tumba del que fue su marido. Uno de ellos le hizo gracia por la contradicción interna de su rótulo: se llamaba *Mármoles Hierro.* Otro le enviaba una lista de precios para inscripciones sobre mármol; de este modo, se enteró de la existencia de «letras prismáticas de bronce negro» y de «letras grabadas en novelda», así como «letras corrientes de bronce negro». La limpieza del sarcófago de novelda costaba siete mil pesetas. Se preguntó qué sería la novelda, mientras caía en la cuenta de que había olvidado por completo la obligación de cubrir adecuadamente la tumba de su marido, donde también habrían de descansar sus propios restos algún día. Comprobó que todos estos marmolistas tenían sus establecimientos en una calle cercana al cementerio, de manera que no se decidió por ninguno en particular.

Al día siguiente, por la mañana, tomó un taxi y se dirigió a la calle de los mármoles. Había un establecimiento detrás de otro, pero para llegar a las oficinas de cualquiera de ellos había que atravesar un patio lleno de lápidas y polvo, en el que generalmente ladraba un perro. Finalmente, se decidió por uno, cuyo dueño debía ser un experto en técnicas comerciales, que era diferente a todos. En efecto, se trataba de un establecimiento con escaparate a la calle, en el que no se advertían signos de trabajo. El taller debía estar en otro lado. Elena se asomó al escaparate y a través del cristal contempló una notable variedad de panteones, sarcófagos, lápidas de nicho, cruces de mármol y de piedra... Entró en la tienda y se dejó aconsejar por el empleado, que resultó ser hijo del dueño.

—Mi padre ha modernizado mucho este negocio —respondió a una pregunta de Elena—; los demás siguen aún en la edad de piedra.

La última frase —a la vista de los materiales que allí se mostraban— provocó en Elena una sonrisa que el muchacho recogió agradecido. Por fin, llegaron a un acuerdo y Elena le entregó un talón a cambio de una factura esmeradamente redactada.

Al abandonar el establecimiento, sintió un movimiento de gratitud dirigido a sí misma por haber cumplido con este deber moral que todavía guardaba con el muerto. Se colocó en el borde de la acera para detener un taxi y su corazón sintió un golpe, producido por lo que veían sus ojos, que casi da con ella en el suelo: por la calle se acercaba el coche de su marido conducido por una figura contusa que el reflejo del sol le impedía apreciar. Se quitó las gafas y siguió, perpleja, el curso del coche que se detuvo a su lado. De su interior salió un hombre corpulento, de unos cincuenta años, que entró en el mismo establecimiento del que ella había salido.

Elena permaneció en la acera unos instantes, como a la espera de una decisión que no dependía de ella. Entre tanto, los golpes de su corazón se acompasaban poco a poco y su respiración entrecortada por el horror adquiría el ritmo habitual. Al objeto de no llamar la atención, comenzó a pasear de un lado a otro sin perder de vista el automóvil y a la espera de ver salir a su dueño del establecimiento. No sabía por qué esperaba, pero se trataba de una de esas decisiones que están más allá de lo que uno puede razonar y frente a las que es mejor plegarse con idénticas dosis de humildad y extrañeza.

Sin embargo, el tiempo transcurría sin que el sujeto abandonara la tienda y la espera comenzaba a resultar incómoda. Finalmente, entró indecisa en el establecimiento, sin haber elaborado previamente ningún plan, esperando que la realidad jugara a favor de sus intereses, aunque ignoraba en qué podían consistir.

El muchacho se acercó al verla entrar.

—¿Se le ha olvidado algo? —preguntó.

—No —respondió ella sin poder añadir nada más.

El muchacho tibuteó unos instantes. Después dijo:

—¿Se encuentra mal? Tiene mala cara.

—Sí —añadió ella—, he sufrido un pequeño desvanecimiento.

El muchacho fue detrás del mostrador y volvió con una silla.

Elena se sentó con una sonrisa de agradecimiento y miró en torno a ella. El sujeto del coche no estaba a la vista.

—Voy a avisar a mi padre —dijo el chico.

Al poco, salió acompañado del sujeto corpulento que conducía el coche. Resultó ser un hombre comunicativo y cordial.

—No se apure, señora —dijo con una sonrisa protectora—, a veces el cumplimiento de estos penosos deberes trae amargos recuerdos a la memoria. ¿Era su padre el fallecido?

—No, era mi marido —dijo Elena desprendiéndose de las gafas para ofrecer sus ojos al desconocido.

—Lo siento, lo siento —dijo con un gesto de dolor que parecía sincero y añadió en un tono más jovial—; pero la vida sigue. Permítame que la invite aquí al lado a un té; eso la pondrá bien.

Salieron y la condujo a un bar donde departieron brevemente. El sujeto dijo llamarse Luis, lo que obligó a Elena a ponerse de nuevo las gafas para ocultar la emoción de esta nueva coincidencia. Finalmente, él insistió en llevarla a casa en su coche y ella se dejó hacer.

Cuando Elena entró en el coche, percibió un olor familiar, sintiéndose invadida de súbito por todo aquello que es capaz de evocar el olfato cuando percibe un aroma esencial, en torno al cual se ha nucleado una existencia.

Miró a Luis, el hombre corpulento y apacible que conducía el coche, y no pudo evitar un gesto de afecto que en el transcurso de la conversación fue transformándose en una actitud seductora que el hombre aceptó con naturalidad.

Quedaron en verse otro día y, en efecto, él la invitó a comer un par de veces sin que ello hiciera progresar la relación en ninguna dirección precisa. A Elena le gustaba permanecer dentro del coche la mayor parte del tiempo.

—Conduces muy bien —argumentaba.

Y él se sentía halagado y confeccionaba itinerarios nuevos que alargaban el momento de dejarla en su casa.

—Usas las gafas —decía él— como otras mujeres usan el vestido. Cada vez que te las quitas, tengo la impresión de que te has desnudado.

—Eso no es muy original —respondía ella.

—La frase no, pero el hecho que señala la frase sí lo es.

—¿Y te gusta?

—Sí, me gusta mucho, Elena.

Así, los días pasaban y se iban seduciendo sin prisa, sin preguntas, sin horizonte, como si cualquier cosa que pudieran recibir de aquella relación intermitente, por pequeña que fuera, resultara excesiva en relación al destino de ambos.

El carácter apacible de él, no dado a urgencias de ninguna especie, fue transformando algunas actitudes de Elena. Porque en los primeros días ella sólo tenía ojos para el coche y, si él le interesaba, no era por otra cosa que por el coche. Pero a medida que los días pasaban, comprendía que Luis y el automóvil conformaban una unidad deseable. Su obsesión llegó al punto de que empezó a advertir en él actitudes, gestos y expresiones de su marido. «¿O no era una obsesión?», se preguntaba. ¿Tendrían realmente otros rasgos comunes —aparte del nombre y el coche— el Luis muerto y el Luis vivo? ¿Se manifiestan los muertos en los vivos?

Un día, a principios de julio, Luis le explicó que iba a mandar a su familia fuera de la ciudad, a una casa que poseía en el sur.

—Tendremos más tiempo para nosotros —dijo—, si tú quieres.

Elena le miró a través de las gafas y respondió con solemnidad pintoresca:

—Sí, quiero —e inmediatamente añadió—: Pero tendrás que llevarme de excursión con el coche a sitios apartados, a lugares difíciles donde no hayas estado antes con nadie.

Aquel domingo, Elena se puso una falda corta y ancha y una blusa ligera, de algún tejido que se escurría entre los dedos y que se movía sobre la superficie de su cuerpo como el agua sobre una superficie plástica. Debajo llevaba un conjunto blanco adolescente igualmente sensible y delicado. La excitación que sentía le hizo recordar otros momentos de su vida y ello la ensombreció brevemente. Tomó dos pastillas para tranquilizarse y bajó a la calle, recorrió dos manzanas, y vio el coche aparcado en el lugar en el que se había dado cita con Luis. Al entrar en el automóvil, se quitó las gafas y las colocó en la guantera:

—¿Adónde vamos? —preguntó.

—Es una sorpresa. Cierra los ojos y disfruta.

Eran las doce del mediodía y la ciudad estaba más desierta que una espalda desnuda. Elena cerró los ojos, inclinó el respaldo del asiento y, al poco, se quedó dormida por efecto de las pastillas y de una noche algo agitada que le había impedido descansar.

La despertó Luis dos horas más tarde mostrando ante sus ojos un raro paisaje. Se encontraban en un alto, cerca de un precipicio que dejaba ver, a una profundidad notable, una llanura inmensa y desierta. En la lejanía, un río ancho marcaba una amplia curva y se perdía luego hacia el horizonte. Detrás de ellos, un grupo de árboles suavizaba el paisaje y servía de parapeto a una corriente de aire que, a juzgar por el movimiento de las ramas, debía ser fuerte.

—¿De dónde lo has sacado? —preguntó Elena poniéndose las gafas para atenuar la impresión.

—¿El qué?

—El paisaje.

—De una guía de turismo.

—Es impresionante.

—Es como tú, Elena, como tú.

Entonces se inclinó sobre ella y la besó sin pasión aparente. Elena buscó una postura cómoda y esperó que el volumen de Luis se inclinara otra vez sobre su cuerpo.

—No me quites las gafas —dijo.

Él levantó la leve falda y la acarició sin torpeza al tiempo que la besaba en los labios.

—¿Por qué hacéis esto los hombres? —preguntó Elena.

—¿Por qué hacemos qué? —preguntó él.

—El amor. ¿Por qué hacéis el amor?

—Por miedo —dijo él—. ¿Y vosotras?

—Nosotras, por amistad, sólo por amistad.

Mientras permanecían anudados, antes de la explosión de sus cuerpos, Elena padeció algunas sensaciones raras. Primero, porque creía que era Luis, su marido, quien tan hábilmente manejaba los resortes de su cuerpo, pero también porque, cuando se encontraba cercana ya al delirio, tuvo un recuerdo breve y difuso, de cuyo registro no tenía conciencia, pero que la implicaba a ella oscuramente en el fallecimiento de su esposo.

Abandonó el coche desconcertada y ausente, colocándose mecánicamente la blusa y la falda. Luis salió a los pocos segundos con el gesto duro y sombrío.

—¿Qué ha pasado? —preguntó.

Elena corrió al automóvil y buscó las gafas, que había perdido en un abrazo. Se las puso. Miró a lo lejos, más allá del precipicio.

—¿Por qué te llamas Luis? —preguntó.

Luis iba a responder cuando advirtió que una rueda delantera del coche, posada sin duda sobre una piedra afilada, se había pinchado. Entonces descargó sobre el automóvil toda la cólera que le habría gustado descargar sobre Elena. Le dio patadas, le tiró piedras, lo aporreó con sus enormes manos de marmolista. Elena inmutable detrás de sus gafas de sol, contemplaba la escena a escasos metros, cerca del precipicio.

Cuando él pareció agotado y satisfecho, Elena dijo en un tono que parecía venir de otra mujer:

—Cambia la rueda.

Luis obedeció sin decir nada, pero maltratando al coche cada vez que algo no funcionaba bien. Cuando terminó, parecía agotado. Entonces Elena se acercó al borde del precipicio, miró hacia el horizonte y dijo con la voz quebrada:

—Anda, ven, ven aquí.

Luis, completamente entregado, se acercó a ella. Ella le tomó el rostro con las manos. Dijo:

—No me toques, que me pondrás perdida.

Él sonrió y, entonces, ella adoptó una expresión de furia parecida a la que había empleado cuando era gaviota, y lo empujó al abismo con todas las fuerzas que era capaz de emplear. Las gafas no se movieron de su sitio.

Cuando regresó a la ciudad, las calles estaban desiertas. Condujo el coche hasta el establecimiento de los mármoles y lo abandonó frente a su puerta. Después tomó un taxi y regresó a su casa. Tenía hambre y sueño. Cuando calmó ambas cosas, el domingo declinaba en dirección al lunes.

En fin.

ELLA ESTABA LOCA

Qué raro es todo. Tengo una amiga que desempeña un puesto de responsabilidad en unos laboratorios farmacéuticos. Es menuda y morena. Ha conseguido —ignoro con qué clase de artificio— conservar una mirada adolescente en la que implica a todo su cuerpo. Su expresión verbal es algo fría, pero muy exacta, como si hubiera aprendido a leer en los antiguos prospectos médicos que utilizaban términos tan ambiguos y bellos como *antiflogístico.* Su matrimonio marcha bien; él es un profesional que todavía no ha sido derrotado por las comidas de trabajo y que disfruta con los placeres sencillos del hogar. Tienen un hijo adolescente que les ha salido muy estudioso y que no bebe cerveza en la calle. Son felices, pues.

Solemos coincidir los domingos por la mañana en una filatelia de la Plaza Mayor. Ella siempre consigue los mejores sellos a los mejores precios, pero mi colección vale más que la suya y no pienso desprenderme de ella, si eso es lo que busca. Tomamos un vermú y hablamos de las cosas de la vida. Ella posee una notable capacidad para diseccionar los sentimientos y las actitudes. Para ella, las actitudes esconden sentimientos y los sentimientos esconden temores. De los temores no dice nada, como si fueran órganos tan visibles como las orejas.

Estos raros encuentros —yo no conozco a su familia ni ella a la mía— han alcanzado ya cierto grado de institucionalización y creo que ninguno de los dos podríamos prescindir de ellos. Son una especie de islote en nuestras vidas. Yo le cuento cosas y le digo mentiras que no me atrevería a exponer a ninguna otra persona. Creo que esto se debe a que en cierto modo es una desconocida. Cualquier domingo podría dejar de aparecer y yo tendría que resignarme a ello, como nos resignamos a que llueva o nieve en contra de nuestros intereses. Ella suele hablarme mucho de su trabajo y por eso sé que antiflogístico no significa lo que parece. Su puesto en la empresa guarda alguna relación con el área comercial, pero yo no suelo escuchar esta zona de su conversación porque, como no he estudiado, no consigo entender la lógica comercial de unos laboratorios farmacéuticos que empiezan por tener un nombre impronunciable. Envidio de ella su serenidad (no tendrá más de un par de tics nerviosos) y su fuerza: llega siempre a donde se propone sin dejar de seducirse a sí misma en el recorrido.

El caso es que el otro día, después de ver las novedades filatélicas, nos sentamos al sol en una de las cafeterías de la plaza. Hacía un día muy bonito, si uno es de esos que se embriagan con los primeros domingos de la primavera. Me dijo:

—He de confesarte un secreto.

—Piénsalo —respondí—, a veces uno se arrepiente.

Entonces me reveló que estaba loca.

—No es posible —le dije—, eres una persona muy equilibrada. Si eso que dices fuera verdad, yo lo habría notado.

Me explicó que no lo sabía nadie, que yo era la primera persona a quien se lo confiaba. Insistí en que se quitara eso de la cabeza argumentándole que los locos no saben que están locos.

—Son los cuerdos los que no saben que están locos —respondió.

—Ese razonamiento —insistí— indica que estás cuerda.

—Al contrario —dijo, y cayó en un silencio controlado.

Finalmente me contó que estaba realmente loca, pero que se pasaba el día disimulando. Por eso era tan buena en su trabajo y en su matrimonio, y por eso coleccionaba sellos y cucharillas de plata: para disimular. Y argumentaba tan bien para que nadie advirtiera que estaba loca. Y todo lo que hacía en su vida no tenía otro objeto que ocultar su locura a los demás.

—Yo creo —añadió— que si un día alguien, aunque sea mi marido, se da cuenta de que estoy loca, lo mato.

Me miró significativamente y sonrió en dirección a mi palidez. Recordé el argumento de una novela policíaca en la que una criada analfabeta asesina a una familia por haber descubierto esta carencia.

—No te preocupes —dijo—, tú todavía no te has dado cuenta.

Comencé a pensar en la posibilidad de que estuviera loca realmente; temí que eso modificara nuestra relación. Dije:

—A mí no me importa, si sigues disimulando, claro.

—No sufras —respondió—, te aprecio demasiado.

Luego me pidió disculpas por haberme obligado a entrar de este modo en su intimidad y yo empecé a temer que su confesión no hubiera terminado.

—Estoy agotada —dijo—, tú no sabes lo que es estar aparentando que eres lo que no eres cada minuto de tu vida. Tengo insomnio, y yo creo que es por miedo a descubrirme mientras duermo. Además, últimamente me ha sucedido algo terrible.

Tragué saliva y me agarré al vermú. Una nube ensombreció nuestros rostros y un perro ladró en algún punto de la plaza. Vi pasar a mi jefe, que también colecciona sellos, a unos metros de mí. Le deseé lo peor. Mi colección es también mejor que la suya.

—¿Qué ha sucedido? —pregunté resignado.

Entonces me contó que en los últimos tiempos se había dedicado a espiar a su hijo y había llegado a la conclusión de que estaba loco, como ella, pero que lo disimulaba también.

—Es lo que más temía —añadió—, transmitir a mi hijo esta enfermedad.

—Pero si otras veces me has dicho que era un chico muy estudioso.

—Sí, sí, es muy estudioso y nunca llega tarde a casa y le gusta ver la televisión con sus padres, pero todo eso lo hace para que nadie se dé cuenta de que está loco. ¡Lo que estará pasando el pobre!...

Guardé silencio con la mirada puesta en las patatas fritas. Volvió a pasar mi jefe; está algo desmejorado desde que comencé a echarle esos polvos laxantes en el café. No me vio, porque el otro día le robé las gafas y todavía no le han dado las nuevas.

—Yo creo —decía ella en ese instante— que hay más personas, incluso con responsabilidades políticas, que padecen este mal, pero como disimulan tan bien no hay manera de distinguirlos.

—Claro —respondí con pesadumbre.

—Y el problema —añadió— es que si alguien se da cuenta de lo que nos pasa a mi hijo y a mí podemos perjudicar mucho a mi marido. Te he engañado respecto a su trabajo; en realidad, tiene un puesto de mucha responsabilidad.

—¿Qué hace? —pregunté.

—Es presidente del Gobierno.

—Ya —dije.

El martes pasado vendí mi colección de sellos y hace ya tres domingos que no voy por la plaza. Pero a veces tengo nostalgia de aquellas mañanas que llenaron mi vida y me dan ganas de localizar de nuevo a la mujer del presidente. Qué vida.

En fin.

ELLA ERA ANCHA

Llegué al hotel a la hora de comer. El viaje en tren me había fatigado, de manera que decidí comer cualquier cosa y dormir una siesta. La conferencia empezaba a las siete y media; podría dormir un par de horas y revisar el texto de mi charla antes de dirigirme a la Fundación.

Me acosté algo aturdido gracias a los efectos de un coñac que me sirvieron en los postres; la cama estaba tibia. Evoqué —como siempre que estoy fuera de casa— mis objetos familiares: la mesa de trabajo, la mesilla de noche, la lámpara que utilizo para leer acostado. Estos objetos conforman un espacio protector que dan a mis viajes un tono entre nostálgico y aturdido. Creo que nunca aprenderé a estar fuera de casa.

Después de esta evocación, y antes de entregarme al sueño, tuve una fantasía erótica. Ella era una mujer algo más baja que yo, pero dos o tres veces más ancha; tenía las piernas muy cortas y delgadas en relación al volumen que debían soportar, y su boca estaba desplazada hacia un lado, si tomamos como referencia el eje central de un rostro normal. Sus ojos eran grandes y acuosos, pero carecían de pestañas. Mostró desde el principio de la ensoñación una actitud provocativa que tendía a concentrarse en una turbia sonrisa con la que me sedujo sin problemas. Me dormí besándola en los labios, comiéndome su voz quebrada, que decía: «Eres un personaje de novela».

Me desperté a las seis, con la boca seca y el estómago impertinente. Era uno de esos días en los que constituye un error practicar la siesta. Me di una ducha prolongada sin conseguir estimular la zona donde residen las ideas y repasé, con poco provecho, el texto que pensaba leer.

A las siete vinieron a buscarme los de la Fundación, y a las siete y media me encontraba frente a un público numeroso que, cuaderno en mano, esperaba de mí alguna novedosa aportación.

Leí el texto de manera mecánica, sin inflexiones, porque no podía alejar de mi cabeza la imagen de la mujer con la que había fantaseado una experiencia erótica antes de caer en el sueño. En la primera fila de los asistentes, justo frente a mí, había un sujeto sin párpados cuya mirada no conseguí quitarme de encima durante el tiempo que duró la lectura. Fue el primero en intervenir cuando se abrió el coloquio y tuve que ponerme un poco impertinente con él para hacerle callar. Advertí en seguida que era un intruso, pero él lo confirmó con sus palabras. Dijo:

—Hay, entre los de nuestra especie, diversas clasificaciones bajo las que parecen amparadas todas las deformidades posibles. Sin embargo, en esos cuadros minuciosamente elaborados hay un tipo de monstruosidad sin catalogar y que también usted ha pasado por alto.

—Dígame cuál es —respondí con gesto de paciencia.

—Me refiero a las anomalías originadas por el estudio de los fenómenos teratológicos. Yo mismo era, hace unos años, una persona normal, pero me imbuí de tal modo en el estudio de las deformaciones que, un poco por amor y otro poco por mimetismo involuntario, he acabado convirtiéndome en el objeto de mi estudio.

—Qué pena —dije—, si se hubiera usted dedicado al estudio de las bacterias, ahora podría ser un gonococo.

El sujeto palideció brevemente y se encerró en un mutismo rencoroso.

El resto del coloquio transcurrió sin pena ni gloria, pues no me esforcé demasiado en resultar brillante, obsesionado como estaba por la mujer de mi fantasía. Al terminar, el gonococo se acercó para que le firmara un ejemplar de mi última publicación y para ofrecerme, de paso, sus servicios. Me dio una tarjeta que decía: *Raúl Redondo Cosculluela, Teratólogo.*

Después, cobré la conferencia, me despedí de los organizadores y salí a la calle. En la acera, como esperándome, estaba la mujer de la fantasía. Sonrió de forma provocadora al verme y yo me sentí tan turbado que no acerté a reaccionar. Entonces se acercó a mí, sin dejar de seducirme con su boca, y dijo:

—¿Es que me has olvidado ya?

—¿Perdón? —respondí aturdido.

—¿No te acuerdas de la fantasía de esta tarde? —insistió.

Un movimiento de terror logró hacerme reaccionar. Crucé la calle y huí de allí tan deprisa como me lo permitieron mis piernas desiguales. Llegué al hotel en un estado de excitación y miedo lamentables. Había pensado quedarme a dormir pero recogí mis cosas y me fui. Conseguí billete para un tren que salía esa misma noche, a las once y media, de manera que no tuve que esperar mucho tiempo en la estación.

Mi departamento estaba vacío, así que estiré la pierna derecha, que es la única en la que poseo una articulación rudimentaria, dispuesto a descabezar un sueño. Antes de cerrar los ojos, me pareció ver pasar por el pasillo a Redondo Cosculluela, el teratólogo, pero lo olvidé en seguida para no alimentar una inquietud extraña que me perseguía desde que llegué a aquel lugar.

Me despertó un ruido cercano. Abrí los ojos y vi en la puerta del departamento a la mujer de mi fantasía. Sonreía con una sabiduría sexual que me turbó como a un adolescente.

—¿Puedo entrar? —preguntó.

—Claro —respondí excitado por la perspectiva de una noche colmada de terror, aunque también de intercambio sentimental y sexo.

Tuve que ayudarla a trepar al asiento. Sus graciosas piernas se balanceaban en el aire, al ritmo desigual de los vaivenes del tren. Mi deseo aumentó.

—Eres un personaje de novela —repitió como entregada a una capacidad de seducción que yo desconocía en mí.

—También tú —respondí enfebrecido por el tono de su voz. Me acerqué a ella y la besé con los ojos abiertos. Entonces vi de nuevo al teratólogo en el pasillo. Ella dijo:

—No es un modo de hablar: eres un personaje de novela.

Sentí un ataque de angustia pensando que ese disparate podía ser verdad. Cuando me tranquilicé, pregunté:

—¿Cómo podré saber que es cierto?

—Fíjate —respondió sin abandonar la sonrisa—, no tienes volumen; estás hecho de palabras, como yo.

Reflexioné unos instantes y advertí que era cierto. Dije:

—Si no tengo volumen, no tengo cuerpo. Si carezco de cuerpo, no soy un monstruo. Podré, al fin, vivir entre gente normal.

—No —dijo ella.

—¿Por qué no? —pregunté.

—Porque esta novela es de monstruos; todos sus personajes son extraordinarios.

Se abrió la puerta y entró el teratólogo, que se sentó junto a ella susurrándole cosas al oído. Reían. Frente a la ventanilla, pasaban a gran velocidad las formas oscuras de los árboles. Reprimí un gesto de abandono, un impulso que me habría hecho llorar. Qué mundo, pensé.

En fin.

ELLA ERA DESDICHADA

Ya de pequeña, en los primeros años de mi infancia, comprendí que el ser humano está más dotado para la infelicidad que para la dicha. Por eso me llamaba la atención ver cómo hombres y mujeres, desde edades muy tempranas, se afanaban por labrarse un futuro feliz. Naturalmente, cuando llegaba el futuro —vacío de placer, pero rico en desventura— caían en profundas depresiones, pues habiéndose preparado para afrontar la dicha, ignoraban de qué manera se debe manejar el infortunio.

Mis padres fueron muy infelices, no se querían nada y discutían todo el rato por cosas sin sustancia. Todavía tengo grabada en la memoria algunas de sus peleas.

—Me voy a matar un día de estos —decía mi madre agobiada por los problemas domésticos y por el llanto de mis hermanos pequeños.

—Pues dime ya qué día —respondía mi padre con desprecio— porque la semana que viene tengo un viaje de trabajo y faltaré de casa entre el lunes y el jueves.

—Estoy harta de vivir a expensas de tus necesidades; el día que muera lo haré a expensas de las mías, cuando menos lo esperes.

—¿Por qué no te matas el viernes que está aquí tu madre y puede hacerse cargo de los niños?

—Me revienta pedirle favores a mi madre.

—Todo son problemas —finalizaba mi padre poniendo nuevamente su atención en el periódico.

Mi madre no se mató nunca, desde luego, pero esta amenaza permanente envenenó la existencia familiar y nos hizo a mis hermanos y a mí muy desgraciados.

En consecuencia, fui una adolescente fría, muy alejada de las pasiones de mis compañeras que andaban todo el día excitadas con su futuro. Mientras ellas buscaban al hombre de su vida, con quien proyectaban tener hijos rubios y hacer largos viajes, yo pensaba en el modo de labrarme un porvenir oscuro, adverso, lleno de mala sombra, en fin. Si, como parecía evidente, el ser humano tenía más capacidad para alcanzar el fracaso que para obtener la gloria, lo lógico era desarrollar ese don y no empeñarse en violentar a la naturaleza inclinándola hacia dominios en los que no era competente.

Ya en la juventud, tuve un noviazgo horrible, lleno de separaciones, amarguras y malentendidos. Él era contable en una fábrica de pan, pero lo echaron al poco de casarnos y yo tuve que ponerme a fregar suelos. A nuestra boda, por cierto, no vino nadie, porque ni su familia ni la mía llegaron a aceptar este matrimonio. Pero él estaba de acuerdo conmigo en que no debíamos intentar ser felices.

—La felicidad —decía interpretando con exactitud mis pensamientos— es una ilusión, un mero concepto, una idea. La desgracia, sin embargo, es una experiencia real, algo que pasa, que sucede y que se ve.

Tuvimos dos hijos que no nos proporcionaron ninguna satisfacción; nos amargaron la vida para ser exactos. El pequeño se fugó de casa a los quince años y no supimos nada de él hasta las Navidades pasadas, que nos escribió desde una cárcel de Portugal pidiéndonos dinero. Según nos contaba, estos veinte años transcurridos desde su fuga han sido los peores de su vida. Por supuesto, no le enviamos ni un céntimo. El mayor trabaja en la Seguridad Social y no respira bien; parece que tiene algo de pulmón. Su mujer lo abandonó el año pasado, junto a sus cuatro hijos, que tienen la habilidad de coger todas las enfermedades que pasan.

Habíamos alcanzado por tanto un grado de desdicha considerable y por esa razón éramos muy infelices. Ello nos protegía de las decepciones de la vida y, curiosamente, nos daba un grado de seguridad que, según he comprobado, sólo se encuentra en el cenagoso fondo de la tristeza.

Mi marido, que siempre tuvo una naturaleza quebradiza, se ha pasado media vida de médicos y al final ha conseguido que le extirpen un riñón. A mí me quitaron los ovarios hace siete años y a lo mejor ahora me tienen que sacar la vesícula. Claro que todo esto no lo habríamos podido hacer sin la ayuda del mayor de nuestros hijos, que trabaja en la Seguridad Social y sabe lo que tienes que decir que te duele para que te quiten una cosa. A él le han quitado ya dos vísceras y ahora anda detrás de que le amputen tres dedos del pie derecho. Si lo consigue, le darán la invalidez permanente, porque además no respira bien.

Bueno, el caso es que de este modo hemos ido envejeciendo mientras la vida —que es un accidente de la Nada— nos daba la razón. Ahora ya estamos jubilados y seguimos viviendo en este piso oscuro con un gato al que odiamos. Nos levantamos tarde y, mientras yo hago la cama, mi marido se va al mercado porque compra mejor que yo, o eso dice él. Después de comer, dormimos un rato en el sillón, con la televisión encendida, y a media tarde damos un paseo o nos acercamos a ver a los nietos, que cada día están peor los pobres. Al volver a casa, cenamos unas verduras con media botellita de vino y nos sentamos a ver la televisión hasta que se acaba o nos dormimos. Generalmente, nos dormimos.

Pues bien, el otro día ponían una película de nuestra época, de manera que lo preparamos todo para estar sentados en el tresillo, frente al aparato, a la hora exacta. En el descanso fui a la cocina y traje unas cosas para picar. Luego nos animamos y bebimos un poco de coñac que guardamos para las fiestas. Cuando terminó la película, nos fuimos a la cama. Mi marido, como toma pastillas, se durmió en seguida, pero yo me quedé despierta y empecé a pensar que, en realidad, era bastante feliz. Nuestra vida era sencilla, pero tampoco nosotros le pedíamos más. Esa noche sin ir más lejos, había disfrutado mucho con la película. Además, me gustaba el momento del día en que nos acostábamos y nuestros cuerpos se acoplaban entre sí con la sabiduría que dan los años. Y me gustaba ver llegar a mi marido de la compra y que me comentara el precio de la fruta. Y yo creo que hasta empezaba a disfrutar cuidando a los nietos algunos días que su padre tenía turno de noche. Nuestra vida, pues, era apacible y sosegada.

La revelación me dejó bastante sorprendida y, en cierto modo, angustiada. Naturalmente, no le comenté nada a mi marido, pero empecé a observarlo para ver si le pasaba lo mismo que a mí y comprobé, en efecto, que era un hombre acomodado a su situación, sin grandes desacuerdos.

Pasados unos días, al acostarnos, le hice partícipe de mis sentimientos y le comenté que también había observado algunos signos de dicha en su comportamiento.

—En fin —terminé—, creo que somos felices.

—¿Qué dices, mujer? —respondió él—. ¿Llamas felicidad a tener que hacer mil números para llegar a fin de mes? ¿Y a no tener ascensor en la casa? Claro, como tú no cargas con la compra...

—Pero estamos tranquilos y hacemos cosas que nos gustan.

—¿Qué haces tú que te guste?

—Pues pasear, ver la tele e imaginar cosas.

—¿Qué clase de cosas?

—Desgracias y chistes.

Entonces le conté dos chistes de médicos que me había inventado esa tarde y conseguí que se riera bastante. Pero no conseguí que confesara que éramos felices. Y es que los hombres tienen menos capacidad que nosotras para reconocer las cosas.

En fin.

ELLA NO ESTABA EN EL CONGRESO

Regresaba a mi ciudad tras haber asistido a un congreso de ginecólogos al que había sido invitado en mi calidad de fabricante y distribuidor de guantes de goma. Estaba cansado, porque los organizadores del encuentro nos habían llevado de un lado a otro durante tres días con el objeto de celebrar las sesiones en lugares de hermosura difícil. Decidí regresar en coche cama, pese a las carencias de todo tipo que afectan a esta clase de transporte horizontal, porque la mayoría de los ginecólogos volvía en avión y después de tres días de convivencia estaba harto de sus cochinas conversaciones. Entre los setenta médicos invitados, sólo había cinco mujeres.

Cuando el tren se puso en marcha, comprendí que no dormiría en toda la noche, pero decidí permanecer acostado para relajar, al menos, la tensión muscular. Entonces vi en la redecilla de la pared una hoja de papel, olvidada sin duda por el anterior inquilino del exiguo compartimento. La cogí con curiosidad y vi que estaba firmada por el insigne autor de novelas R. J. Se trataba de un panfleto tirado a multicopista cuyo contenido me llamó la atención. Decía así:

«Es probable que entre la enorme cantidad de ciencias existentes en la actualidad haya alguna capaz de explicar los motivos profundos por los que los seres humanos escogen una u otra profesión. Nunca he creído que se llegue a ser carnicero, médico o poeta por cuestiones relacionadas con la mecánica del azar. Creo, por el contrario, que uno elige el modo de ganarse la vida en función de intereses muy profundos y no siempre confesables. Normalmente, no me gustan estas divagaciones de tipo psicológico, que suelen encubrir alguna carencia por parte del que interpreta la realidad; sin embargo, algunos de estos análisis pueden, eventualmente, ayudarnos a comprender aspectos de la vida que a primera vista carecen de sentido. Por ejemplo, ¿qué razones podrían impulsar a un hombre aparentemente normal a hacerse ginecólogo? Yo no lo sé, pero un primo mío que abrazó esta profesión sufrió durante su infancia porque su padre le reprochaba constantemente la ingenuidad de su carácter, que le llevaba a creerse cualquier cosa que le contaran.

—Hijo mío —le decía su padre todo el día—, hay que meter el dedo en la llaga, hay que meter el dedo en la llaga.

Los ejemplos se podrían multiplicar hasta el infinito, pero quiero centrarme en una actividad que conozco mejor, porque la han practicado sobre mis novelas a lo largo de una carrera ya excesivamente larga y —por qué no decirlo— plagada de éxitos. Me refiero a la profesión de crítico. ¿Qué oscuros intereses —puesto que es una actividad que no proporciona gloria ni dinero— conducen a determinados sujetos a abrazar esta profesión?

Conozco cuatro clases de críticos, cada uno de ellos más miserable que el anterior, pero todos tienen en común el hecho de utilizar sus artículos para taponar un agujero existencial que no han sabido rellenar por otros medios. Intentaré hacer una clasificación de urgencia:

a) *El escritor frustrado.* Es el más común, pero el menos inofensivo. Tarde o temprano te larga un manuscrito y, si tu opinión es discreta, tienes asegurado sus favores durante toda la vida.

b) *El ensayista frustrado.* Ha leído mucho, pero con poco provecho. Finalmente, cuando alcanza a comprender que sus artificios teóricos no le interesan a nadie, se dedica a la crítica de batalla y ejerce sobre los novelistas una violencia que no ha sabido descargar en otro lado. Aunque no bebe, tiene problemas con su hígado y ensalza siempre las peores novelas en un intento desesperado por diferenciarse de los demás y convertirse así en un individuo. Muere joven.

c) *El profesor casposo.* Pertenece a esta especie una serie de sujetos que se hallan comprendidos en esa estrecha franja del pensamiento que limita por abajo con la subnormalidad y por arriba con la vulgaridad más plana. Es la posición intelectual idónea para sacar oposiciones a cátedra, desde donde estos disminuidos psíquicos ejercen un poder dirigido a obtener pequeños beneficios económicos con los que compensar la escasez de sus salarios. Odian a todo aquel que ha alcanzado una posición notable sin estudiar una carrera y detestan a los novelistas, por lo que no permiten en su cátedra el estudio de escritores vivos. Son sumisos frente a las dictaduras y pintorescamente rebeldes frente a las democracias. Temen a la inteligencia y suelen vivir muchos años al objeto de acumular diplomas y condecoraciones que atenúen los efectos de su radical cretinismo.

d) *El crítico que todo novelista lleva dentro.* Es el peor de todos, el más ruin, mezquino, cobarde y desmedrado. Piensa que cuando los otros pierden, él gana; que cuando los otros son peores, él es mejor. Crece sobre cadáveres en descomposición y sus juicios sobre las obras ajenas están hechos desde el modelo de sus propias novelas. Tiene, frente a los casos anteriormente citados, la virtud de no publicar estas miserias.»

La lectura del panfleto me dejó atónito. Los novelistas, pensé, son peores que los ginecólogos. Además, son raros; de otro modo no se podría explicar que se incluyeran a sí mismos en esta relación de facinerosos. Cuando llegué a la ciudad, telefoneé a un crítico amigo mío para informarle del hallazgo.

—Ya lo conocemos —respondió—. R. J. se ha vuelto loco, lo internaron la semana pasada. De todos modos, hemos respondido con otro panfleto, firmado por nuestro crítico J. R., que se está distribuyendo también por estaciones, trenes y lugares públicos en general. Mañana te lo envío.

El panfleto del crítico J. R. comenzaba haciendo las mismas consideraciones que el de R. J. sobre las razones ocultas por las que se escoge una u otra profesión (contaba el caso de un ginecólogo que de niño era aficionado a mirar por el ojo de las cerraduras) y continuaba así:

«¿Qué oscuros intereses conducen a determinados sujetos a abrazar la rara profesión de novelista que proporciona poca gloria y ningún dinero? Conozco cuatro clases de novelistas, cada uno de ellos más miserable que el anterior:

a) *El crítico frustrado.* No vale la pena extenderse en sus características. Nos profesa un odio irracional.

b) *El novelista frustrado.* Es el que sabe que no triunfará nunca, pero sigue castigándonos con sus horribles historias y obtiene una y otra vez, de forma misteriosa, el apoyo de los editores. Es un imbécil.

c) *El funcionario ingenioso.* Se trata de un sujeto dotado para opositar a la Administración y que, una vez obtenido el puesto, se aburre. De pequeño le han reído indiscriminadamente las gracias y ha llegado a pensar de sí mismo que tiene mucho ingenio, así que dedica las horas de ocio en el ministerio a redactar tonterías voluminosas que llama libros. Suele ser alcohólico y odia a los críticos, porque ocupan puestos de trabajo con mayor brillo social que el suyo.

d) *El novelista que todo crítico lleva dentro.* Es un animal cavernoso, blanco y blando, con gafas que, lejos de atenuar su acuosa mirada, la acentúan. Cuando se hace una herida y sangra, huele mal.»

La lectura de este segundo panfleto me dejó sumido en la confusión. Llamé a un amigo poeta que estaba al tanto de todo. Me dijo:

—La relación especular existente entre los dos panfletos demuestra que críticos y novelistas son la misma cosa: basura.

—¿Los poetas —pregunté— tenéis también esos problemas?

—No, los poetas tenemos que estar atentos a la llegada de la iluminación y participar en esta clase de miserias nos impediría escuchar la voz de los dioses. Sin embargo, los críticos de poesía son unos miserables...

Colgué el teléfono y decidí que nunca más cogería un papel del suelo; todo este asunto me había distraído demasiado y me había impedido concentrarme en la redacción de una *carta al director* que tenía que enviar a una revista médica en la que el imbécil de un médico había puesto en cuestión la calidad de mis guantes de goma. Qué mundo.

En fin.

ELLA ESTÁ EN TODAS PARTES

Cuando naufragó mi segundo matrimonio, supe que mi biografía amorosa había terminado. En el futuro podría tener historias más o menos intensas, pero en todas ellas habría un componente artificial, como de representación, difícil de conjugar con el grado de compromiso que, desde mi punto de vista, debe alimentar cualquier proyecto amoroso. No quisiera parecer radical, pero los hombres son tan raros... En fin, quiero decir que ellos carecen de emociones o en todo caso tienen cierta incapacidad para comunicarlas. Ellos se relacionan bien con los objetos —el coche, el reloj de oro, la agenda de piel, la tarjeta de crédito—, y quizá a través de ellos intentan decir cosas más profundas que las mujeres no conseguimos entender; sin embargo, nosotras tenemos más relación con el abismo, con el vacío, con la ausencia. Los hombres no saben mantener una conversación sobre la vida y, cuando lo hacen, hay siempre en sus palabras un punto de grosería, de vulgaridad, que a mí me produce un asco antiguo del que he intentado curarme inútilmente. Es curioso, porque luego los ves cuidar a sus hijas y con ellas sí desarrollan una cierta ternura, como si fueran sus novias ideales o algo así. Naturalmente, todo esto que digo es una generalización; hay hombres capaces de asomarse al abismo en cuyo borde vivimos las mujeres, pero a mí no me ha tocado ninguno y a estas alturas de la vida no es probable que se produzca una coincidencia de este género. En cualquier caso, no estoy dispuesta a vivir pendiente de un acontecimiento tan raro.

Por otra parte, mi relación con las mujeres tampoco ha sido fácil; despierto en ellas una rivalidad excesiva, que cuando era más joven llegaba a complacerme, pero que ahora detesto. No tengo, pues, grandes amigas y desde luego ninguna con la que pudiera hacer un proyecto de vida común. Por eso, cuando mi segundo marido se marchó, comencé a acoplarme a la soledad con la idea de que en el futuro ya no sería una situación transitoria. En seguida adquirí hábitos de soltera, pequeñas costumbres con las que fui fortificando mi existencia hasta el punto de lograr un acuerdo con las paredes de mi casa, y con mis sábanas, que en términos generales funcionó muy bien hasta que conocí a Julia.

Entré en relación con ella en la barra de una cafetería donde ambas solíamos comer. El primer día que la vi, y que mi mirada coincidió con la suya, supe que algo de aquella mujer me concernía. Bastó que intercambiáramos tres frases para que se confirmara esta inquietante sensación que ya no dejaría de crecer en las semanas que siguieron al primer encuentro. Había comenzado el otoño y yo estaba aquejada de una melancolía vaga, pero persistente, que encontraba sentido y dirección en la compañía de Julia. Empecé a depender de ella, pero sin pagar el alto precio que conlleva depender de un hombre. Nunca me habría atrevido a decírselo, pero la percibía como una parte de mi ser que hubiera sido arrancada de mí en un tiempo remoto produciendo una sutil mutilación que encontraba al fin un dulce alivio.

Entre tanto, el otoño se deslizaba hacia el invierno y yo empezaba a contemplar la vida como un hogar en el que la tarde era la habitación más agradable. Llegué a perder el miedo a los domingos y recuperé el placer de pasear contemplándome a mí misma como un espectáculo, como una llama que habría de arder durante un tiempo finito, pero incierto. Los días de lluvia me refugiaba en una cafetería desde donde me gustaba ver a la gente cruzar la calle sorteando los coches y los charcos para llegar a ningún sitio, como en esos reportajes de la selva en que los animales haraganean de un lado a otro sin ningún objetivo visible, pero con movimientos precisos y admirables.

Julia empezó a venir a mi casa con alguna regularidad. Pasábamos las tardes charlando de cosas que no nos concernían de forma muy directa y evitando penetrar en temas personales, no por respeto a lo que se suele llamar intimidad, sino porque no parecía necesario hacer esta clase de exhibiciones. Entre tanto, la relación crecía de manera insensible tejiendo entre ella y yo un puente que parecía unir un mismo territorio circunstancialmente separado por alguna catástrofe.

Recuerdo que un día nevó y desde la ventana del salón vi a Julia bajarse del autobús y correr hacia mi portal. Venía con los pies empapados y hube de prestarle unos calcetines de lana y unas zapatillas que le encajaron perfectamente. Después preparé un té, y cuando ya empezaba a anochecer, con la excusa del frío, nos tomamos una copa de coñac cada una.

—¿Te quedarás a cenar? —pregunté.

—Si el tiempo sigue así —respondió con una sonrisa—, tendré que quedarme a dormir.

—Ya sabes que hay sitio —dije tratando de que no se trasluciera mi deseo.

Me pidió que le enseñara fotos y yo saqué varios álbumes que resumen mi vida. Para otras cosas no soy especialmente ordenada, pero con las fotos he llegado a tejer una suerte de manía destinada al futuro. Las tengo ordenadas por fechas y acontecimientos y en todas ellas hay un pie de dos o tres líneas que resumen el estado de ánimo bajo el que fui retratada. Nos sentamos a la mesa camilla que recientemente he colocado en el salón, frente a la ventana, y comenzamos a pasar las gruesas hojas del primer álbum mientras los copos de nieve caían perezosamente al otro lado del cristal aislándonos del mundo exterior, tan áspero. Creo que fue el coñac, al que no estoy habituada, lo que me incitó a hablar.

—Aquí estoy de primera comunión.

—¿Por qué estás tan seria?

—Mi madre me prohibió reír; me faltaban dos dientes.

—¿Y ésta? ¿Quién es ésta?

Se refería a una niña de mi edad que estaba a la derecha de la foto, de perfil, observándome con un distanciamiento irónico, como si censurara mi vestido o mi diadema o, en fin, mi actitud general frente al acontecimiento. Pero yo no sabía quién era esa niña, nunca lo supe, del mismo modo que tampoco he conseguido averiguar quién era esa otra niña (quizá la misma) que en una fotografía de grupo, en el colegio, me observa desde una esquina censurando la banda de honor que atraviesa mi pecho. Y en este punto fue cuando ya no me pude contener e hice mi primera confidencia.

—Mira —expliqué centrando mi mirada en el álbum—, esta niña está en todas partes; siempre es distinta, pero siempre me observa reprochándome algo, como burlándose de mi actitud.

En efecto, a lo largo de toda mi experiencia fotográfica, y coincidiendo siempre con los acontecimientos más importantes de mi vida, se puede observar a una niña que ha ido creciendo al mismo ritmo que yo y que me mira con impertinencia desde una esquina de las fotos. Lo descubrí hace poco, un sábado por la tarde que me dediqué a fechar los últimos álbumes. He preguntado a mi madre y a mis hermanos quién es esa mujer que aparece en la foto de mi primera y segunda boda, en la de mi primer viaje al extranjero, en la de mi cumpleaños, pero nadie ha sabido darme razón de ella. Sólo sé que me observa, a veces con afecto, pero casi siempre con cierta tristeza, como me contemplaría la parte más amarga de mí misma.

Y mientras le explicaba todo esto a Julia, procurando evitar sus ojos, su sonrisa, supe que esa mujer se encontraba ahora a mi lado, contemplando mi vida, mientras la nieve nos aislaba del mundo y sellaba un pacto secreto que nos unía para siempre, ahora que al fin nos encontrábamos fuera de un papel. El coñac calentaba mis venas y en la casa de al lado sonaba la música de los cubiertos puestos de mala gana para la cena familiar. Julia dijo que se quedaría a dormir.

En fin.

ELLA LE HABÍA ROBADO LAS PALABRAS

Cuando se conocieron, ella pintaba y él escribía; los dos eran artistas, pues. Ocuparon una casa antigua, nucleada en torno a un pasillo en cuyos extremos había dos espacios más amplios que constituyeron los polos de la vida de ambos. Él puso su escritorio en el extremo norte y ella instaló su taller en el contrario. El gato deambulaba entre ambas zonas dando a la atmósfera un aire sobrenatural, pues la pareja de artistas atribuía al animal la capacidad estética de elegir entre la pintura de ella o la literatura de él en función de que decidiera pasar el día en el taller o junto al escritorio.

En cualquier caso, esta primera época fue muy feliz porque estaban aún en esa edad en la que el triunfo sólo era una cuestión de tiempo y el amor un intercambio de imágenes gloriosas. El tema musical —proveniente de una zona neutra del pasillo, quizás el cuarto de baño— realzaba esta atmósfera de gloria venidera a la que el alcohol y la yerba ponían imágenes. Sólo un punto de desacuerdo existía entre ambos, pero era un desacuerdo feliz porque estaba hecho de palabras.

—Qué suerte tenéis los escritores —decía ella—; os divertís mucho más que los pintores.

—No estoy de acuerdo —decía él—; es más divertido pintar, porque se trata de una actividad en la que implicas a todo el cuerpo.

—Yo pinto sentada —respondió ella con rencor.

—Bien, pero te has de levantar para mirar el cuadro desde lejos o para llenar la paleta. En fin la fatiga intelectual es menor.

—Eso es lo que tú crees. Cuando pintas, tienes que estar tomando decisiones a cada momento; cada pincelada es una decisión, y una decisión equivocada significa estropear un cuadro. Eso produce una tensión insoportable. Sin embargo, un adjetivo mal puesto no te estropea el trabajo de tres días.

—No, te puede estropear el trabajo de un año, según donde lo coloques —respondía él con un gesto que oscilaba entre la amargura y la ironía.

Fuera de esta clase de discusiones, la vida transcurría tranquila y llena de promesas en aquel piso antiguo. Sólo el gato ponía un punto de amenaza que con el paso de los meses fue revolviéndose paulatinamente a favor de ella. Él recurrió a mezquindades tales como esconder bajo el escritorio una lata de sardinas, pero el animal parecía carecer de necesidades cuando su dueña pintaba. Se recostaba junto a ella, frente al caballete, y vigilaba la evolución de los colores con una mirada que parecía llena de criterio. En un punto, la presencia del gato pasó de ser estimulante a convertirse en decisiva. Él dejó de escribir, pero no fue capaz de confesarlo.

Entonces, una noche, él se despertó sobresaltado y se sentó en la cama con la respiración jadeante. Ella encendió la luz y vio un rostro aterrado sobre un cuerpo sudoroso y trémulo.

—¿Qué pasa? —preguntó.

—Las palabras, me habéis robado todas las palabras —dijo mirando fijamente al gato, que reposaba a los pies de la cama.

—¿Qué dices? —insistió ella.

—El gato y tú —respondió sin que el terror cediera—. Me habéis robado las palabras; él te las trae desde mi escritorio y tú las mezclas en la paleta, las deshaces, y las conviertes en colores. Es horrible.

Al fin consiguió tranquilizarlo. No era más que una pesadilla. Se fumaron un cigarrillo y volvieron a dormirse, pero prefirieron encerrar al gato en el cuarto de baño.

Al día siguiente, mientras ella pintaba, él abandonó su escritorio, recorrió lentamente el pasillo y entró en el taller. El gato y ella no le prestaron mucha atención. Entonces cogió un lienzo en blanco, lo colgó de una escarpia y comenzó a pintar en la zona del estudio más cercana al balcón. No bajaron a comer porque ninguno de los dos sintió hambre, pero por la tarde ella abandonó el caballete, atravesó el pasillo seguida por el gato y se sentó en el escritorio de él. Escribió hasta que se hizo de noche. Luego bajaron a cenar. Estaban contentos y la conversación fue estimulante. No aludieron al raro intercambio de actividades artísticas que se había producido esa jornada, pero a partir del día siguiente ella tomó posesión del escritorio y él del taller. No volvió a haber pesadillas.

Al cabo de un año, ella había terminado una novela y él había pintado cincuenta cuadros de diferentes dimensiones. Se sintieron felices, plenos, y decidieron tomarse unas cortas vacaciones. A su regreso, ella comenzó a buscar un editor y él un galerista. La novela fue rechazada por todas las editoriales de prestigio y los cuadros fueron mirados con indiferencia por los marchantes de moda. Pero este fracaso, lejos de desanimarles, les afianzó. Ahora sabían con certeza que eran artistas, pues habían soportado la prueba de fuego del rechazo como todo artista debe soportarla: con rabia y certidumbre. Emplearían la rabia para ser más exigentes con su producción y la certidumbre para superar las calamidades que habrían de interponerse entre la gloria y ellos. Eran demasiado jóvenes para triunfar, pero habían logrado acabar algo en lo que ya se respiraba talento y necesidad.

Ella comenzó otra novela y él otra serie de cuadros. El gato desapareció una noche de enero, tras los llantos de las gatas que paseaban su desolación venérea por los tejados. Alguien —alguno de los dos— había dejado abierto el ventanuco de la cocina facilitándole la salida. Hubo un ligero intercambio de culpas, de reproches, pero los dos estaban demasiado absortos en sus respectivas obras y el animal fue olvidado, superficialmente al menos, a los pocos días.

Los cuadros de él comenzaron a ser buenos («muy buenos», decía ella con un punto de rivalidad en la voz) y la novela de ella respiraba una tensión madura que él comenzó a envidiar. Ese año transcurrió sin grandes sobresaltos, pero empezaron a tener dificultades para hablar. No querían herirse, pero ninguno de ellos deseaba llegar el segundo a la meta. Además, ahora que empezaba a aparecer en sus vidas la posibilidad real del triunfo, también el fracaso entró en escena no ya como idea, sino como alternativa —justa o no— a la gloria por la que ambos luchaban.

Las cenas en el bar de abajo comenzaron a ser insoportables, hasta que un día, con más copas de lo habitual, se miraron como al principio, como dos huérfanos que buscaban en el reconocimiento artístico el afecto que les había negado la vida, y comprendieron que cada uno de ellos estaba preparado para hacer frente a su propio fracaso, pero que no podrían soportar el del otro, ni siquiera su posibilidad.

Al día siguiente, él se trasladó con sus telas a una buhardilla y ella transformó en sala de estar el taller de pintura. Doce años después, cuando el nombre de él era tan ignorado como el de ella en los ambientes artísticos, se encontraron en un bar, pero hicieron como que no se habían visto. Todavía se amaban.

En fin.

ELLA LE CONTÓ UNA PELÍCULA

Ella le sonrió desde una esquina del sofá. Llevaba una falda negra, muy corta, y un suéter ajustado de color gris. Los tonos del salón eran oscuros y en la calle la tarde comenzaba a declinar sin prisas.

—¿Seguro que no aparecerán tus padres en cualquier momento? —preguntó él.

—Si vas a estar así todo el tiempo, nos vamos a otro sitio —respondió ella.

—Es que estoy nervioso —dijo él.

—¿Por qué? —preguntó ella.

El muchacho le pasó el canuto y tardó en responder. Finalmente, perdiendo la vista en las geometrías de una porcelana, dijo:

—Hay temporadas en las que me encuentro así, como con un nudo en el pecho, a esta altura. Y no se me pasa hasta que ocurre algo.

—¿Qué clase de algo? —preguntó ella aplastando el canuto en un cenicero de cobre.

—Algo malo —respondió él.

El salón era grande; estaba lleno de muebles excesivos y de objetos que remitían a un pasado sólido, pero carente de gloria. El muchacho, que ocupaba el otro extremo del sofá, sonrió a la chica e intentó levantar una fantasía excitante inútilmente. Los minutos pasaban ruidosamente en un reloj de péndulo. Ella preguntó por segunda vez si ponía la música y él contestó que no.

—Si intentaran abrir la puerta o llamaran al timbre no nos enteraríamos —argumentó.

—Te pasas el día pendiente de que suceda algo —dijo ella.

—Sí —respondió con pudor.

En esto sonó el teléfono y él dio un bote en el sofá que a ella le produjo un ataque de risa.

—¿No lo coges? —preguntó.

—No puedo, no estamos aquí —dijo ella.

—¿Dónde estamos?

—En el cine o tomando cervezas por ahí.

—¿Y si son tus padres que han decidido volver?

—No empieces con eso.

El teléfono siguió sonando por encima de la conversación de los dos jóvenes y luego enmudeció. Anochecía al otro lado de las ventanas, aunque el interior del salón estaba en penumbra desde hacía un rato. El muchacho sudaba; encendió una lámpara de mesa situada a su izquierda y algunos objetos recuperaron sus contornos.

—Imagínate que fuese verdad lo que has dicho antes: que no estamos aquí.

Ella cruzó las piernas y encendió un cigarro. Luego achicó los ojos y frunció la boca; la sombra de una sonrisa flotaba en los alrededores de sus labios.

—Podría ser —afirmó al fin—, podría suceder que estuviéramos en otro sitio, pero que por alguna razón nos creyéramos que estamos aquí.

—Eso sería estupendo —dijo él como liberado de un peso excesivo—; así, aunque volvieran tus padres, no pasaría nada.

—¿No viste tú una película que se llamaba *El estrangulador de Boston*?

—No —respondió él.

Ella cambió de postura, apagó el cigarro y se puso a hacer otro canuto mientras le resumía el argumento:

—Está basada en un hecho real, creo. Se trata de un sujeto muy normal que trabajaba de fontanero o algo así. El caso es que este hombre era un asesino, pero él no lo sabía. Había en su vida una zona oscura, cuya existencia él mismo ignoraba, en la que se dedicaba a estrangular mujeres. Hay un momento muy emocionante que es cuando la policía descubre que él es el asesino, pero al mismo tiempo se da cuenta de que él no lo sabe. Ya te digo que era un padre de familia modelo y todo eso. Bueno, pues lo detienen, pero no le dicen de qué lo acusan, sino que llaman a unos psiquiatras para ver si consiguen hacerle recordar sus crímenes. El hombre, claro, está desconcertado porque no entiende nada. Entonces los psiquiatras comienzan a trabajar con él y hay un momento impresionante. Mira, se me eriza el vello de pensarlo. Voy a encender la luz de arriba.

La muchacha le pasó el canuto y se levantó para encender una lámpara situada en el techo. Las sombras, más que disminuir, fueron a concentrarse en los lugares más amueblados del salón. El muchacho fumó con cierta ansiedad. Parecía haber adelgazado en los últimos minutos, pero ello se debía a la intensidad de su mirada y al efecto de la luz sobre su rostro.

—¿Y cuando estaba matando, dónde se creía que estaba? —preguntó.

—No estaba en ningún sitio —respondió—; los crímenes eran paréntesis, agujeros negros. Eso creo yo al menos. Bien, te decía que hay un instante, cuando está con los psiquiatras, en el que le viene a la memoria un hecho del que no tenía conciencia de haber participado. Resulta que se ve a sí mismo descendiendo clandestinamente por las tuberías de un patio interior. Entonces aparecía en la pantalla un primer plano de su rostro que muestra todo el terror que le produce tener memoria de un hecho que para él no había sucedido. ¿Te imaginas lo que debe ser recordar cosas que no han pasado o que tú crees que no han pasado?

—¿Y cómo terminaba?

—No me acuerdo.

—Esas cosas suelen terminar mal.

—¿Sigues con el nudo en el pecho?

—Peor, ahora está peor. La historia del fontanero me ha puesto mal cuerpo.

Ella cambió de postura y se quedó mirando al techo, hacia donde ascendía, disgregándose, el humo del canuto. El muchacho no conseguía encontrar una postura en la que quedarse quieto más de medio minuto. Al cabo de un rato dijo:

—¿Por qué te has callado?

—Estoy a gusto así, imaginando cosas —respondió ella.

—¿Qué imaginas ahora?

—Que sea verdad eso que dices de tu nudo, que te avisa de que va a pasar algo malo.

—Ya te he dicho que es verdad.

—A mi padre le pasa lo mismo cuando sueña que fuma. Dejó el tabaco hace quince años, pero a veces, en los sueños, se ve fumando y al día siguiente de eso sucede algo.

La muchacha se calló y el tictac del reloj de péndulo adquirió unas proporciones excesivas.

—No te calles, por favor —dijo él—; cuando dejas de hablar, me angustio más.

—¿Te conté lo que le pasó a mi abuela cuando murió mi tío Fernando, que era el mellizo de mi padre?

—No me cuentes historias de ésas.

—Bueno, ¿quieres que vayamos a mi cuarto?

—Todavía no; espera a ver si me tranquilizo un poco.

Ella se disculpó y salió del salón. Cuando llegó al cuarto de baño, se miró en el espejo y le brillaban los ojos. Se envió a sí misma una sonrisa de complicidad y se retocó sin prisas los labios. Luego se cepilló el pelo, ensayó dos o tres expresiones de miedo y regresó al salón.

—Ha sido horrible —dijo—; en la casa de enfrente, lo he visto por la ventana del baño: una mujer se ha arrojado al vacío.

—¿Qué dices?

—Se ha suicidado. Los vecinos han recogido el cuerpo y lo han metido en un coche.

El muchacho se quedó quieto, con la mirada clavada en un cenicero, como prestando atención a un suceso interno.

—A lo mejor era lo que estabas presintiendo —añadió ella.

—Eso te iba a decir —respondió él—, parece que se me está quitando el nudo.

Al poco tiempo, se levantó, cogió a la muchacha por la cintura y fueron besándose hacia el dormitorio. De la calle llegó un grito que atravesó las ventanas, pero ellos no llegaron a escucharlo ocupados como estaban en la exploración de sus cuerpos. En el reloj de péndulo sonaron las diez.

En fin.

ELLA ERA OTRA

Aquella mañana, después de que mi marido se fuera a trabajar y los niños se marcharan al colegio, empezó a levantarse un aire oscuro que me obligó a cerrar todas las ventanas. Decidí que ventilaría la casa más tarde, cuando amainara. Fui a la cocina y me serví un café mientras dudaba si limpiaba los cristales o no. Por la ventana vi un pájaro que luchaba con el viento y que finalmente se refugió en el extractor de humos del 5.° C. Sentí que había asistido a un hecho sombrío que habría de determinar mi vida. La del 3.° A recogía unas sábanas que había tendido el día anterior y que estuvieron a punto de volar.

A esta hora de la mañana, a veces, pienso en lo que ha sido mi vida y me asusto un poco; me asusto porque cuando miro hacia atrás, buscando algunos puntos de referencia sobre los que apoyar mi historia, no veo nada. Los años se apelmazan, confundiéndose entre sí, sin que ninguno de ellos sea capaz de mostrar una particularidad que lo individualice. He asistido a miles de mañanas como ésta y todas son iguales entre sí: hacer las camas, limpiar el polvo, ir a la compra... Del nacimiento de mis hijos sí me acuerdo, pero ya no me sirve. Han sido los cuatro momentos cumbre de mi vida (cinco, si incluimos el aborto), pero ahora no los quiero, no, no quiero a mis hijos; son feos como el padre de mi marido y no hacen caso a nada. A mi marido tampoco lo quiero, pero sigo admirándole porque es el mismo con el que me casé. Yo, sin embargo, me he convertido en otra. Quiero decir que a lo largo de estos años de encierro y hogar ha ido creciendo en mi interior un mundo al que ellos son ajenos. En realidad, cuando me encuentro a gusto es cuando se van. Tengo un buen ritmo de trabajo y desde que acabo con la casa hasta que empiezo con la comida tengo un par de horas magníficas que dedico a leer novelas o a ver la película del vídeo comunitario. O sea, que la casa no se me cae encima como a otras. Quiero advertir que lo de mis hijos no sería para tanto si no fuera por esos ojos de buey que han sacado de mi suegro.

El caso es que por algunos lados estoy a gusto y por otros no. De todas formas, tampoco sé qué otras posibilidades habrían cabido en un destino como el mío. Qué raro es todo. Creí que nunca sería mayor y los próximos que cumpla serán cincuenta y tres. Sin embargo, no me da vértigo mirar al futuro, con la vejez y todo eso; creo que se me arreglará de algún modo. Lo que me da vértigo, como digo, es mirar al pasado y contemplar una extensión desierta y temible como el mar. Al otro lado de esa llanura está mi juventud, pero casi nunca me asomo porque ya no la siento como mía. Creo haber señalado que soy otra.

Bien, aquella mañana que digo, tras tomarme el café, fui al salón y miré por el ventanal que da a la avenida. El viento seguía soplando con una persistencia rara, como si quisiera avisarnos de algo. Era octubre y las hojas se desprendían con facilidad de los árboles para volar, como manos espantadas, en la dirección del viento, lo que acentuaba esa sensación de urgencia, de aviso, que me había producido la tormenta de aire. Empecé a sentir un nudo en el estómago y una bola en la garganta. Conozco estos síntomas; siempre significan algo; la última vez fue la muerte de mamá. Recuerdo que estaba preparando la cena, fui a batir un huevo que tenía un poco de sangre en la yema y se me puso la bola en la garganta. Al poco me llamaron del hospital...

Sonó el teléfono, me acerqué a él despavorida.

—Diga.

—Quería saber —dijeron al otro lado— si podría dejarles una tortuga y dos serpientes. Me voy de viaje.

—¿Adónde llama? —pregunté.

—A la clínica de animales.

—Se ha equivocado —dije, y colgué.

«¿Se había equivocado?», pensé regresando al ventanal. Asocié el suceso del teléfono con la escena del pájaro (aves y reptiles) y el nudo de angustia creció. Algo estaba sucediendo o estaba a punto de suceder.

Telefoneé al colegio de mis hijos, pero me dijeron que se encontraban bien. Después llamé a casa de mi hermano y estuve charlando un rato con mi cuñada; me dijo que estaban todos bien.

—¿Y por tu barrio hace este viento? —le pregunté.

—¿Viento? —dijo extrañada—. Hace un día espléndido.

Cuando colgué el teléfono, estaba más intranquila que antes de llamar. Regresé a la ventana. Los toldos de las terrazas se movían con desesperación, como si quisieran huir, y las plantas de las jardineras se aplastaban contra la tierra, como agachándose para evitar alguna cosa. Escuché golpear una ventana al fondo del pasillo, pero no me atreví a moverme porque de mi quietud dependía el equilibrio del mundo, que parecía a punto de descomponerse.

Al poco conseguí tranquilizarme, y sin perder de vista los edificios del exterior, pues si dejaba de mirarlos podrían derrumbarse, me fui acercando al teléfono y llamé a la oficina de mi marido. Su secretaria me dijo que había tenido que salir.

—¿Adónde? —pregunté.

Noté un silencio lleno de grumos y el tamaño de la bola se hizo insoportable.

—Tenía una reunión fuera de la casa —respondió al fin.

—¿Hace viento ahí?

—¿Viento? No, hace un día estupendo.

Regresé al ventanal, miré a la calle y vi a mi marido. Llevaba una gabardina que no le había comprado yo y un sombrero como los que usaba mi padre cuando era joven. A su lado iba una mujer alta, bien vestida, y peinada como mi madre cuando se ponía aquel moño descentrado que le quedaba tan bien. Parecían un matrimonio y el aire no les afectaba o quizá había cesado, no sé.

La bola de angustia desapareció, pero me quedé extrañada. Telefoneé de nuevo a la oficina de mi marido. Ya había llegado y le noté algo extraño en la voz:

—¿Eres tú? —pregunté.

—Sí, ¿qué pasa?

—Se ha levantado un viento enorme —dije—; todavía no he podido ventilar la casa y he visto un pájaro que casi se estrella contra la pared. Luego han llamado por teléfono preguntando por una clínica veterinaria. He telefoneado al colegio y los chicos están bien...

Cuando colgué, me sentí mal por haber contado tantas cosas en tan poco tiempo. Me asomé al ventanal y volví a ver a mi marido y a la otra. Estuve por bajar y abordarle, pero no me atreví porque sabía que era y no era él al mismo tiempo, del mismo modo que yo soy una y otra a la vez o que el viento se lleva y no se lleva las hojas espantadas. Decidí que no limpiaría los cristales y eso, por alguna razón, me ayudó a llorar.

En fin.

ELLA AGONIZABA EN LA COCINA

El último año había ganado bastante dinero, de manera que alquiló una casa cerca del mar para pasar las vacaciones. Era una casa grande, de dos pisos, con una huerta en la parte trasera donde podrían preparar meriendas y contemplar la puesta de sol. Su mujer y sus dos hijos saltaron de alegría al contemplar la vieja mansión y él se sintió orgulloso de sí mismo; la vida era dura, pero tenía momentos en los que la felicidad llegaba a rozarse con la punta de los dedos. Mientras los niños corrían por las habitaciones a la búsqueda de lugares secretos, escaleras invisibles y espacios misteriosos, él y su mujer descargaron el coche y lo ordenaron todo con amor y eficacia. Cuando terminaron, se había hecho de noche, así que comieron unos bocadillos que la madre había preparado antes de salir de la ciudad, se metieron en la cama y se durmieron en seguida fatigados por el largo viaje.

Al día siguiente se despertaron tarde y hacía un día espléndido. Los árboles de la huerta mecían sus ramas, impulsadas por una suave brisa, y los pájaros picoteaban sus frutas ajenos a los movimientos de la familia recién instalada.

Prepararon las toallas, la barquita hinchable y las cremas y bajaron en el coche a la playa. El padre y la madre se tumbaron al sol mientras los niños jugaban en la orilla. Ella sacó una novela de la bolsa y se puso a leer; él permaneció recostado observando a sus hijos a lo lejos y disfrutando de la armonía encerrada en aquel triángulo formado por el sol, el mar y los niños. Sin embargo, en el interior de aquel triángulo imaginario apareció en seguida un ojo de mirada severa y él sonrió recordando la vieja figura geométrica en la que cuando era niño se le aparecía Dios. Una ola volcó la barquita hinchable de sus hijos y los revolcó hasta la arena, donde consiguieron levantarse entre risas y juegos, que habían empezado a compartir con otros niños. Entonces imaginó la posibilidad de que sus hijos fueran arrastrados al interior por alguna rareza del mar y sintió un punto de angustia en el pecho. Observó que en aquella playa remota no había ningún equipo de salvamento y él apenas podría nadar hasta el lugar donde se debatían sus brazos buscando un asidero improbable. Pensó que, si llegara a suceder una desgracia así, pediría ayuda a otros bañistas para organizar el rescate e inmediatamente se puso a seleccionar, entre los hombres cercanos a él, a aquellos que parecían ser más deportistas. Vio a dos o tres cuyo aspecto le pareció adecuado y eso le tranquilizó un poco. De todos modos, se levantó, paseó hasta la orilla y recomendó prudencia a sus hijos.

—La marea —les explicó— está subiendo, así que si os quedáis en el mismo sitio puede llegar a cubriros el agua.

Cuando regresaba junto a su mujer, le acometió la duda de si había dejado el coche abierto, de manera que subió al aparcamiento y comprobó que las puertas estaban cerradas, pero advirtió que su mujer había dejado un poco abierta la ventanilla de su lado. Subió el cristal y regresó a su toalla.

—Te has dejado la ventanilla del coche abierta —dijo.

—Apenas un dedo —respondió ella—, es para que pase un poco de aire; luego, si no, está muy caliente.

—¿Y si pasa un gracioso y tira una colilla encendida dentro?

Ella emitió un sonido que podía interpretarse en cualquier dirección, cerró la novela y comenzó a darse crema por los hombros. Él buscó con la mirada a sus hijos y sufrió un intenso ataque de angustia hasta que logró reconocerlos entre los otros niños que jugaban en la orilla.

—¿Desenchufaste el televisor? —preguntó a su mujer sin dejar de observar a sus hijos.

—Tú mismo desconectaste el interruptor general antes de salir —respondió ella.

—Sí, pero cuando se deja una casa por un mes conviene desenchufar todos los aparatos. Nunca se sabe lo que puede pasar.

—Lo desenchufé, no te preocupes —dijo ella.

A él le apeteció encender un cigarro, pero no lo hizo pensando que quizá este pequeño sacrificio evitara alguna catástrofe imprevisible durante las vacaciones. En cambio, buscó un pedazo de madera y lo tocó tres veces con los dedos cruzados y los ojos abiertos en la dirección de sus hijos.

Por la tarde fueron al pueblo y él compró en el mercado una langosta enorme para celebrar el comienzo de las vacaciones. La langosta estaba viva y los niños jugaron a meterle palitos entre las pinzas bajo la mirada preocupada del padre que imaginaba al animal triturándole la mano a uno de sus hijos. Cuando llegaron a casa, buscó unas cuerdas, ató las poderosas pinzas del crustáceo y lo depositó en la pila de la cocina.

—Mañana te comeremos —dijo intentando parecer jovial, pero dominado por un movimiento de aprensión que había empezado a producirle la langosta.

Esa noche se despertó a las tres de la madrugada y percibió un ruido apagado, pero rítmico, que agujereaba el enorme silencio del campo y que parecía proceder del piso inferior. Se puso las zapatillas y descendió con cuidado produciendo en los peldaños de madera un gemido que impedía escuchar el misterioso ruido cuyo origen buscaba.

Fue directamente a la cocina y advirtió que el ruido procedía de la pila donde agonizaba la langosta. En efecto, el animal abría y cerraba dos especies de palas que debían constituir su boca produciendo un toctoc, que las condiciones acústicas de aquella casa se encargaban de amplificar. Su aprensión por el animal creció al contemplarlo, más que como un alimento de lujo, como un ser que se debatía entre la vida y la muerte separado de su medio natural. El crustáceo movió los ojos y él imaginó lo terrible que debía ser agonizar encerrado dentro de aquel duro caparazón. «Tal vez ahora está gritando —pensó— pero grita en una frecuencia que yo no puedo recibir». Entonces advirtió que una de las cuerdas se había soltado y que el animal tenía libre la pinza derecha. «Quizá sea zurda», se dijo para atenuar el desconsuelo que comenzaba a invadirle. Luego razonó que la langosta no podría salirse de la pila y, aun en el caso de que lo consiguiera, no podría subir las escaleras ni alcanzar ninguno de los dormitorios. De todos modos, buscó en el baño una goma elástica y dándole varias vueltas consiguió inmovilizar de nuevo la poderosa pinza. «No podré soportar toda la noche este toctoc agónico», pensó. Pero ignoraba cómo se daba muerte a una langosta. Entonces cogió un cazo y golpeó al animal en la cabeza teniendo cuidado de no quebrar el caparazón; el bicho continuó muriendo al mismo ritmo inexpresivo y lento que antes. Pensó que quizá clavándole una aguja en el punto de intersección existente entre la cabeza y la cola conseguiría tocar algún punto vital. No había agujas pero encontró un punzón que, no sin esfuerzo, logró introducir con asco y miedo en lo que él consideró que era la cerviz del animal. Sin embargo, y dada la falta de expresión de aquel rostro oscuro y húmedo, no logró averiguar la cantidad de daño que había producido. La boca seguía moviéndose al mismo ritmo expulsando una especie de espuma mortal que le produjo asco.

Finalmente, desesperado, amordazó al animal con un pañuelo, le ató al cuello una cuerda, cuyo extremo libre anudó al grifo, y se fue a dormir lleno de angustia.

Al día siguiente fueron a la playa, donde no pereció ninguno de sus hijos ni resultó incendiado el coche, pese a una nueva imprudencia de su mujer; luego prepararon la langosta que, según su familia, estaba exquisita. Él no la probó, alegando un malestar de estómago, en parte porque no le apetecía, pero en parte también porque esperaba obtener de ese pequeño sacrificio una tregua con la realidad durante aquel mes de agosto. «Las vacaciones —se dijo— son para descansar».

En fin.

ELLA HABÍA PERDIDO LA CINTURA

Cuando murió mamá, propuse a mi hermano que se viniera a vivir conmigo. Los dos éramos solteros, pero a mí —quizá por ser mujer— me tocó vivir con nuestra madre y cuidarla en sus últimos días; el pobre papá había muerto tres años antes. Mi hermano se portó bastante mal en esos tiempos difíciles y sólo espero que haya podido perdonárselo.

—No funcionará —me dijo él—, somos ya muy mayores y cada uno tiene sus manías, sus hábitos.

—La casa es grande —respondí—, podemos llevar vidas independientes. Sólo espero morirme antes que tú para ver si eres capaz de hacer por mí lo que no hiciste por mamá.

—Discutiremos todo el tiempo.

—Prefiero discutir contigo a discutir con las cucarachas. No seas terco.

Finalmente, le convenció el argumento económico de que alquilando su casa y vendiendo cuatro cosas de nuestra herencia podríamos vivir sin trabajar. Se trasladó un sábado y el domingo ya estaba instalado como si no hubieran pasado más de veinte años desde que abandonara aquella casa familiar para vivir su vida. «Dios mío —pensé—, qué cercano le es todo».

Efectivamente, tomó posesión del sillón de papá con una naturalidad en la que había algo de afrenta, y se movía por la casa con gesto de conquistador insatisfecho.

En los últimos tiempos no nos habíamos tratado demasiado, de manera que gasté los primeros días de nuestra convivencia en observar los cambios operados en el carácter de quien —como decía mi madre— había sido el hombre de la familia, pero también mi compañero de juegos, mi novio ficticio, mi apoyo en tantos momentos dolorosos de la adolescencia y la juventud. En realidad los primeros días tuve la impresión de haber metido a un extraño en mi casa, pero de aquel extraño empezó a nacer en seguida un ser tan antiguo y familiar como la cómoda, la máquina de coser o el espejo del pasillo. Su carácter seguía siendo taciturno y malevolente, pero estos rasgos estaban suavizados ahora por una inteligencia que tendía al humor más que a la desesperación. Era dos años más joven que yo, pero aparentaba haber entrado ya en la cincuentena. No se produjo ninguna diferencia insalvable entre nosotros durante aquellos días en los que también él me observaba con curiosidad y con miedo. Pero yo creo que él estaba más preocupado por contabilizar mis arrugas que por investigar los cambios que el tiempo había producido en mi forma de ser: así son los hombres. La verdad es que sus miradas furtivas a una u otra parte de mi cuerpo acabaron por ponerme nerviosa y se lo dije.

—No te cuidas —me respondió—, tenías una cintura estupenda y un pelo brillante.

—Yo todavía tengo pelo —respondí con rencor—, a ti no te queda ni una cosa ni otra.

Nos quedamos un rato callados, viendo la vieja televisión en blanco y negro que no hace más que rayas, y al final él añadió:

—No lo he dicho por molestarte, es que me da rabia ir perdiendo las cosas así, una a una: primero el pelo, luego la cintura, después los padres... Yo creo que me fui de casa tan pronto para ver si era posible perderlo todo de un golpe. Pero no, no es posible, la vida es un despojo lento y doloroso.

Aquello me conmovió tanto que me puse a adelgazar y a cuidarme y yo creo que en un mes había perdido ese aspecto polvoriento que tenemos las solteras.

Mi hermano, por su parte, abandonó aquella postura de ocupador de los primeros días y adoptó una actitud más reflexiva, como si intentara plegarse a la memoria del territorio previamente allanado. Cada vez que tocaba una copa o que abría un armario, se paralizaba unos segundos, como a la espera de un mensaje que tendría que proceder del interior de los objetos. Luego se sentaba en el sillón con un coñac en la mano derecha y un cigarro en la izquierda y se pasaba horas mirando el viejo aparador del salón. A mí, a veces, me recordaba a papá.

Un día, después de cenar, tras encender la tele, le pregunté que en qué pensaba por las tardes.

—Estoy haciendo un viaje —me dijo.

Como no añadió nada más, yo hice un gesto de enfado y entonces él me miró de un modo muy significativo y me explicó que desde su punto de vista la vida era una aventura moral llena de sorpresas.

—Ya ves —añadió—, tú y yo hemos acabado viviendo juntos, como papá y mamá. Si te fijas, todo lo que hacemos en la vida tiene algo de raro, algo de aventura peligrosa.

Yo no sé por qué, pero lo que estaba diciendo no me gustaba nada; quiero decir que me fascinaba y me turbaba al mismo tiempo, como si hubiera en ello algo sucio o inconfesable.

—Hay muchos hermanos solteros que viven juntos —me defendí.

—Claro, mujer, si lo raro es que sea tan común —respondió él en tono conciliador.

—Bueno, ¿y qué viaje es ése?

—Se trata de un recorrido a contracorriente por el cauce de la memoria. ¿Sabes para qué sirve la memoria?

—Para recordar cosas.

—Para olvidar las cosas más bien, mujer, para olvidar las cosas que no se deben recordar.

Entonces me explicó que la memoria es una especie de cárcel en la que no se ve más allá de los muros que la cercan y que él estaba haciendo un túnel en el patio trasero de esa cárcel para salir a otros paisajes que también pertenecían al recuerdo, pero por los que estaba prohibido transitar a causa de los hábitos sociales. Me dijo también que en esos túneles por los que escapaba cada tarde estaba viendo cosas que los dos ignorábamos. Entendí por su modo de mirarme y de hablar que esas cosas también me concernían, pero no quise preguntarle nada más porque aquella conversación me estaba poniendo mal cuerpo. Esa noche me fui a la cama inquieta y tardé mucho tiempo en coger el sueño.

Durante los días siguientes vigilé la expresión de mi hermano y advertí que se estaban produciendo progresos en su búsqueda. A veces me preguntaba cosas que tenían que ver con sucesos muy antiguos y yo le respondía con un raro sentimiento de culpa, tenía la impresión de estar ayudándole a completar un rompecabezas prohibido en el que aparecerían aspectos de su vida y la mía que quizá deberíamos haber olvidado para siempre.

En ésas estábamos cuando llegó el día de su cumpleaños. Yo le regalé tres mudas de ropa interior, porque las que tenía estaban ya muy anticuadas, y él me invitó a cenar en un restaurante caro. Y allí pasó algo definitivo, porque el camarero nos tomó por un matrimonio. Aunque nos limitamos a sonreír, en los días que siguieron a esta cena comenzamos a salir con más frecuencia y comprobamos que en todas partes nos tomaban por un matrimonio. Entonces, vendimos el piso de mamá y nos vinimos a vivir a este barrio donde nadie nos conoce y donde todo el mundo se cree que somos marido y mujer.

El caso es que no sé muy bien adónde puede conducir todo esto, pero lo cierto es que me gusta y que los dos somos felices con esta situación que quizá ha acabado por completar el rompecabezas de una memoria que por fin es nuestra y de la que ya no pensamos desprendernos.

En fin.

ELLA IMAGINABA HISTORIAS

Cuando tomé la decisión de ir al médico, estaba ya a punto de volverme loca. Llevaba tres años imaginando historias sin parar. El doctor parecía muy amable.

—¿En qué puedo ayudarle? —preguntó.

—Verá, doctor, desde hace tres o cuatro años no hago más que inventar historias todo el día. Tengo, desde pequeña, un temperamento nervioso y a los treinta años estuve en tratamiento; no padecí ninguna crisis especialmente grave, pero esto de las historias comienza a resultar angustioso.

—¿Qué quiere usted decir?

—Pues que me paso el día inventando historias que no son. Por ejemplo, ahora mismo, mientras esperaba en la antesala, imaginé que esta consulta era en realidad la oficina de personal de una empresa a la que había venido a solicitar trabajo.

—¿Qué sabe hacer usted?

—¿Lo ve? Ya ha entrado usted en mi historia. Es tan fácil dejarse llevar por un argumento... Por ejemplo, suena el timbre de la puerta y es mi marido que viene de trabajar. Pero yo imagino que es mi padre —en otra época de la vida, claro— y yo soy una niña. Y le atiendo como siempre que vuelve de la oficina, pero, sin que él se dé cuenta, ya me he convertido en su hija. Me siento a su lado, le cojo la mano y le pregunto qué ha hecho en todo el día. Lo peor es que no puedo parar de imaginar cosas; a veces estoy terminando una historia y tengo la impresión de que no se me va a ocurrir la siguiente y entonces se me pone aquí un nudo de angustia, porque temo que pase una catástrofe si dejo de inventar historias: que le ocurra algo a mi madre y cosas por el estilo. Pero cuando la angustia comienza a ser insoportable y estoy justo en el final de una historia, aparece un argumento nuevo y eso me da un respiro momentáneo.

—Creo que no puedo ayudarla —dijo el médico con un gesto extraño.

—¿Por qué, doctor? —pregunté yo intentando seducirle con una hábil sonrisa que utilizo para conseguir cosas.

—En realidad soy ginecólogo. Debería usted visitar a un psiquiatra.

—¿Y por qué no se imagina que es usted psiquiatra y que yo soy una paciente nueva, recomendada por otro psiquiatra de fama internacional?

El doctor carraspeó, cruzó las manos con impaciencia nerviosa y pareció dudar durante unos instantes.

—¿Qué le cuesta? —insistí yo ladeando la cabeza para que parte de la melena me atravesara el rostro y dividiera en fragmentos la hábil sonrisa que ya mencioné antes.

Entonces me dio la impresión de que el médico padecía un ataque de miedo, la clase de miedo que nos invade cuando estamos a punto de tomar una decisión que podría cambiar totalmente nuestra vida. Comprendí que se me escapaba y, efectivamente, se incorporó, me invitó a salir y le dijo a la enfermera que me diera una tarjeta del doctor Gutiérrez.

—Es un buen psiquiatra —añadió—, vaya usted de mi parte.

Salí a la calle e imaginé que era una pobre chica que acababa de ser despedida de su trabajo y que estaba sola en aquella ciudad excesiva y dura. Me quedaba dinero para un mes de pensión y tendría que enviar algo a mi madre esa misma semana para que se arreglara la boca. Caminé a lo largo de la acera intentando no pensar, como a la espera de que un suceso exterior pusiera de nuevo en marcha el mecanismo de la dicha. Entonces pasé por delante de una tienda en la que había perfumes y bisutería. Entré a comprarme un perfume, sin dejar por eso de pensar en la historia de esta pobre mujer, y vi un collar bastante horrible que contrastaba con mi elegante atuendo. Lo compré y me lo puse para identificarme más con el personaje que deambulaba por la calle al borde de la desesperación. Compré también una pulsera de plástico, llena de colores peligrosos para la vista, y salí de la tienda a ver qué pasaba.

Entonces vi a un sujeto alto y delgado que se había agachado para atarse un zapato. Llevaba una corbata de colores tostados y ocres en la que se concentraba toda la finura del universo. Escuché la voz de mi padre, fallecido hace cinco años, que decía: «Ese hombre que se ata el zapato forma parte de tu destino».

Entonces comencé a seguir a aquel hombre, que tenía un punto de irreal porque carecía del aspecto menesteroso que tienen quienes han de ganarse la vida, aun cuando se la ganen bien, como mi marido. Imaginé que era un delincuente famoso, jefe de una red internacional de traficantes de armas y por cuya captura habían ofrecido una alta recompensa todos los países del mundo occidental.

Al poco, el hombre pareció darse cuenta de que le seguía y comenzó a detenerse frente a los escaparates para controlar mi actitud. Yo le sonreí hábilmente y ladeé la cabeza para producir con mi melena el efecto ya señalado. Conjeturé que si me ganaba su confianza podría averiguar fácilmente dónde se ocultaba. El hombre dudó unos instantes y, cuando estaba a punto de dirigirme la palabra, puso un gesto de miedo y siguió andando. Yo le seguí tres calles más y entonces me di cuenta de que estábamos muy cerca de la consulta del doctor Gutiérrez, el psiquiatra que me había recomendado el ginecólogo. De manera que imaginé que oía de nuevo en mi interior la voz de mi padre. Esta vez dijo: «Ese hombre que se ataba el zapato, y al que sigues, ya ha cumplido la parte de tu destino que se le había encomendado y que no era otra que atraerte a la consulta del doctor Gutiérrez».

Subí a la consulta y conseguí que el psiquiatra me recibiera a pesar de no haber pedido hora.

—¿En qué puedo ayudarle? —preguntó.

—Verá, doctor, llevo varios días con dolor de ovarios y, además, tengo los pechos como inflamados.

—Debería usted acudir al ginecólogo —dijo—. Yo soy psiquiatra.

—En el ginecólogo ya he estado y me ha enviado aquí. En realidad no me duelen los ovarios, pero qué le cuesta a usted imaginar que es ginecólogo y que yo soy un caso interesante.

—Pero a usted no le duelen los ovarios.

—Ni usted es ginecólogo, pero la cuestión es que podamos imaginar juntos una historia. Mientras esperaba en la antesala, por ejemplo, estuve imaginando que usted era un empresario importante y yo una pobre chica que venía a pedirle trabajo.

—¿Qué sabe usted hacer?

—¿Lo ve? Ya ha empezado a imaginar conmigo sin querer. Los ginecólogos y los psiquiatras, no sé por qué, siempre pican.

—¿Se burla usted de mí? —dijo desconcertado, sin dejar de mirar mi horrible collar y mi pulsera de plástico—. Mire, la he atendido porque creí que era un caso urgente, pero no tolero esta clase de escenas en mi consulta.

—Es que estoy muy nerviosa.

—Está bien, le daré unas pastillas y la enviaré a un ginecólogo de mi confianza.

—No quiero pastillas, quiero imaginar cosas. Además, no me duelen los ovarios.

—¡Está usted loca! —dijo en un estallido de cólera.

—¡Imagínese! —respondí, y me marché a inventar historias a otro lado.

En fin.

ELLA NO SE FIJABA

Él se levantó aturdido y llegó a la oficina tarde y sin afeitar. Supo en seguida que tenía frente a sí una jornada difícil, de la que podría salir dañado si no era capaz de articular algún sistema capaz de defenderle de sus propios pensamientos. Pero no tenía ganas de articular ningún sistema. La lectura del periódico, lejos de conectarle con la realidad inmediata, le separó del mundo, de las leyes, de las ambiciones, del amor... Todo era ajeno, excepto la sensación de estar sumergido en un mar oscuro y frío en el que, con los ojos abiertos, buscaba un resto de su propia existencia, o de su propia historia, en el que reconocerse y perecer.

Por la tarde pensó en ella y decidió hacerle un regalo, pero no encontró en las tiendas nada que no le devolviera esa sensación de decorado que tenía la vida. Finalmente entró en un establecimiento de disfraces y se compró un bigote postizo y unas gafas. Luego, en los lavabos de un bar, se colocó el bigote —guardando las gafas para otra ocasión— y salió a la calle con la sensación de ser otro. Cuando llegó a casa, tocó el timbre y escuchó el taconeo de ella por el pasillo. Estaba excitado por la sorpresa que habría de producir su nuevo rostro. Ella le abrió la puerta e intercambió con él un beso rutinario, pero no pareció reparar en el bigote. Hicieron la cena juntos, comentando sin pasión las incidencias de la jornada, y a eso de las diez y media se sentaron a ver la televisión sin que ella hubiera hecho ningún comentario sobre el aspecto de su rostro. Finalmente, en el primer descanso del programa, él abordó la cuestión:

—¿No me notas nada? —dijo.

—No sé, tienes cara de cansado —respondió ella.

—El bigote —insistió él—, ¿no te has dado cuenta de que llevo bigote?

Ella lo observó con una sonrisa artificial y dijo:

—Es verdad, ya decía yo que te notaba algo extraño.

Al día siguiente él se quitó el bigote, que se había desplazado de lugar durante la noche, y se puso las gafas. Mientras desayunaban, intentó inútilmente que ella reparara en este nuevo cambio, pero no sucedió nada. En la segunda tostada no pudo contenerse. Dijo:

—¿No me notas nada raro?

Ella lo observó con una expresión que delataba algún grado de sufrimiento. Después, como liberada de un peso excesivo, dijo:

—Ya lo sé, el bigote. Te has afeitado el bigote.

Él no dijo nada. Apuró el café y miró a través de la ventana el día recién amanecido. El invierno asomaba su rostro por encima de los árboles y la casa estaba fría, como su pensamiento. Le acometió una sensación de inutilidad que habría de acompañarle toda la jornada. Ella encendió la radio que había sobre la nevera y se sentó a fumar el primer cigarrillo. Parecía encontrarse bien.

—¿No te has fijado en mis gafas? —dijo él.

—Perdona —respondió ella intentando ser amable—, no me había dado cuenta de que las has cambiado.

—Nunca he llevado gafas —murmuró él sombríamente. Luego se levantó, acabó de arreglarse y se marchó.

Cuando llegó al portal, advirtió que el día estaba nublado, de manera que regresó a por el paraguas. Ella estaba hablando por teléfono y no le prestó mucha atención. Se despidieron con un leve gesto. Ya en el ascensor, le asaltó la idea de que ella no hablaba con nadie, pero no encontró justificación a este pensamiento. Al llegar a la oficina, telefoneó a casa, pero estaba comunicando. Esperó media hora y lo volvió a intentar.

—Diga —respondió ella con voz neutra.

—Hola, soy yo. ¿Con quién hablabas por teléfono?

—Te estaba llamando a ti —dijo, y él supo que mentía—, pero también comunicabas.

—¿Querías algo?

—No sé, ahora no me acuerdo.

—Ya —dijo él.

El silencio fluyó de uno a otro lado produciendo un aliento frío que le rozó el cuello. Había empezado a llover y el día iba a ser definitivamente oscuro. La oficina tenía todas las luces encendidas. Él pensó en los días de sol, en el mar. Dijo:

—Ha empezado a llover.

—Creo que sí —respondió ella—, lo han dicho en la radio.

—No tenías más que mirar por la ventana.

—No me gustan las ventanas —concluyó ella con un tono de urgencia en la voz—. Y ahora perdona, pero tengo cosas que hacer; no vengas muy tarde.

Él colgó y se puso a revolver papeles mientras se reafirmaba en la idea de que la vida era inútil pero rara, y de súbito pensó que tal vez ella se hubiera quedado ciega y no le hubiera dicho nada a él para no hacerle sufrir. La idea era absurda, pero se entretuvo un buen rato con ella dándole varias vueltas y contemplándola desde diferentes lugares. Imaginó la vida de una pareja en la que los dos se quedan ciegos a la vez, ocultándoselo mutuamente para no hacer sufrir al otro. Durante el almuerzo le contó la historia a unos compañeros para ver si tenía gracia, pero no vio que nadie se riera. Decidió que no tenía gracia y eso le preocupó un poco, pues —desde su experiencia— las cosas sin gracia eran las más dadas a suceder. A las cinco, cuando salió de la oficina, aún no había parado de llover. Abrió el paraguas y se dirigió al autobús cojeando del pie derecho. Le cedieron un asiento, pero ya no pudo dejar de cojear porque ello, inexplicablemente, le proporcionaba un notable alivio tanto en el plano físico como en el intelectual. Sin embargo, su pensamiento seguía estando frío y duro como el mármol.

Ella le abrió la puerta y él entró cojeando a lo largo del pasillo.

—¿No me notas nada? —preguntó al cabo de un rato.

Ella observó detenidamente, como temerosa de no acertar, y al fin dijo:

—Te has quitado las gafas.

Él cojeó ostensiblemente alrededor de la mesa al tiempo que gritaba:

—Estoy cojo, estoy cojo, estoy cojo...

—Ya lo veo, ya lo veo, no te pongas así. Por favor.

—Es que no te fijas en nada —dijo él—. Mira, yo no soy cojo ni tengo bigote, ni uso gafas...

Ella lo observó con un gesto de miedo, como si tras esas confesiones menores se fuera a producir el reconocimiento de un suceso excesivo. Entonces él se sentó, tomó aliento y dijo:

—Y, además de todo eso, no soy tu marido y tú lo sabes.

Entonces ella sonrió con franqueza, encendió un cigarro y dijo con gesto de paciencia:

—Siempre estás con tus bromas.

Anochecía y la lluvia golpeaba sin ritmo los cristales. En la radio sonaba una canción antigua.

En fin.

ELLA ESTABA MUERTA

Ella salió del ascensor, abrió la puerta de su casa y escuchó voces en la salita. Como vivía sola, le extrañó pero no llegó a inquietarse. Avanzó por el pasillo y entró en el cuarto de baño para lavarse las manos. Cuando tocó la toalla sintió que estaba húmeda, como si alguien acabara de secarse las manos. La puerta de la salita estaba cerrada, pero las voces llegaban con alguna claridad. Hablaban dos hombres.

—Me pregunto —decía uno de ellos— si todo este cúmulo de casualidades ha cambiado nuestra vida o, por el contrario, ha reforzado su destino.

—¿Qué quieres decir? —preguntaba el otro.

—Que si esto que nos pasa es porque nos tenía que pasar o porque ha sucedido algo capaz de torcer nuestra existencia.

—Y qué más da.

—La curiosidad.

Permanecieron en silencio unos instantes. Ella desplazó el peso del cuerpo al pie izquierdo y esperó. Al poco volvió a hablar el de la voz aguda. Dijo:

—Yo creí que le podíamos poner remedio a todo esto, que habría bastado tener una conversación con ella. Quizá no supimos apoyarla, darle valor...

—Las tardes son muy largas; ella le tenía mucho miedo a las tardes.

—A las tardes y al verano.

—Al verano también, sí.

—No podía dejar de sufrir como otros no pueden dejar de beber.

—O de fumar.

—O de fumar, sí.

—De todos modos fingía mucho.

—No tanto, ya lo ves.

Las voces eran familiares, pero no hizo el esfuerzo de buscarles un rostro. Debían ser las cinco o las cinco y media de la tarde. Pensó que desde algún punto de vista la situación podría resultar inquietante, pero al mismo tiempo advirtió que ella ya había perdido ese punto de vista, de manera que, lejos de asustarle, aquel extraño aspecto de la realidad le despertaba un deseo de saber que no traía aparejado ningún tipo de sufrimiento. Observaba con la frialdad de un insecto, con una mirada libre de opinión o juicio estimativo. Decidió abrir la puerta. Dos hombres —sentados frente a frente, separados por la mesa camilla— tomaban vino e intercambiaban miradas de desolación o de consuelo. No llegaron a reparar en su presencia. El de la voz aguda era el más alto; dijo:

—Parece que ha entrado un poco de frío.

—La puerta está cerrada.

—Las casas antiguas...

Ella contempló los rostros y reconoció a sus hermanos, pero fue un reconocimiento desprovisto de afecto; el trámite de una memoria que ha dejado de amar lo que recuerda. Miró la botella de vino, pero no sintió la necesidad de ponerse un vaso.

—Le dije cien veces a papá, que en paz descanse, que se llevara esa pistola de casa. Luego me olvidé de ella.

—Lucía, no.

—No tenemos ninguna culpa.

—Pero nos sobran omisiones. Menos mal que mamá no vive.

Entendió que hablaban de ella como si estuviera muerta. El caso es que se encontraba muy bien, mejor que nunca.

Salió al pasillo y se dirigió a su cuarto. La puerta estaba abierta y en el centro de la habitación había una especie de catafalco donde reposaba su cuerpo. Habían desarmado la cama, ocultando su esqueleto bajo una colcha, en un rincón del enorme dormitorio. Dos velas eléctricas iluminaban parcialmente su rostro. Estaba más bella, o menos desagradable, que en vida; unas manos expertas habían borrado el rictus de amargura de sus labios y habían tapado caritativamente, con una especie de turbante, el agujero de la sien derecha. Comprobó que se podía contemplar desde diferentes lugares de la habitación con sólo desearlo. Se situó en el techo y estuvo observándose un rato desde allí. Luego regresó despacio, como en vida, a la salita. Sus hermanos seguían dándole vueltas al tema del destino, y la culpa, aunque con menor ardor, si cabe, que antes.

—Todo pasa porque tiene que pasar —concluyó el de la voz grave.

—Si hubiéramos vivido aquí, los tres juntos, ¿te imaginas?

—Como de pequeños.

—Fue un error casarse y dejarla sola.

Ella paseó por la salita y miró uno a uno todos sus objetos de soltera; de súbito habían adquirido un valor nuevo, un relieve especial que multiplicaba su capacidad protectora. Se situó en el sillón desde el que solía ver la televisión y comprobó que podía reproducir imaginariamente cualquier situación física, pese a carecer de cuerpo. Recostada en el sillón, se abandonó al vacío interior. Desde allí, las figuras de sus hermanos parecían estar rodeadas de un halo mortuorio, como el eco agónico de una imagen que ha dejado de durar, pero que permanece muerta en la memoria visual.

—Reconozco —decía uno de los hermanos— que yo fui el que rompió el pacto al casarme el primero. Pero hay una época de la vida, la que precede a esta en la que hemos venido a caer, en la que uno se cree distinto, como si pudiera hacer cosas por sí mismo, y cosas diferentes además. En mi caso, lo diferente habría sido quedarse aquí, porque he hecho lo que todo el mundo, aunque creyendo que lo hacía de un modo original. Qué curioso.

—Lo entiendo porque a mí me ocurrió lo mismo. Al final, siempre vuelves al principio, porque ahí está todo. Y si no está ahí no está en ningún sitio.

El tono de la conversación de sus hermanos le agradaba. Era un tono suave, respetuoso, algo triste, pero tenía el calor y la intimidad de las pequeñas reuniones familiares. Abandonó el sillón y fue a sentarse junto a ellos para participar, aunque de forma pasiva, en la conversación. La cesta de la labor estaba a su lado, de manera que cogió las agujas de punto y se puso a tejer, meciéndose con la suavidad y la sabiduría de la lana que iba dando forma al tejido. Pensó, con una sonrisa, que ni siquiera se le había ocurrido salir de los muros de su casa, ahora que podía viajar a todas partes. Pero se encontraba tan a gusto que decidió pasar su muerte en aquel piso. «No tendré que ir al mercado», se dijo.

Al poco tiempo escuchó un ruido en la cocina y fue a ver qué pasaba, pero no observó nada extraño. Cuando regresó a la salita, los dos hombres habían desaparecido. Estaba anocheciendo, de manera que encendió la luz. Se dirigió al dormitorio y observó que el catafalco había desaparecido también. La cama, como siempre, estaba en su sitio.

«No estoy muerta», se dijo. Efectivamente, en seguida comprobó que tenía cuerpo y que le ardía el estómago.

Esa noche, mientras se metía en la cama, pensó que, a pesar de todo, el día había resultado muy agradable y que en el futuro, de no haber otra cosa más importante que hacer, se mataría todas las tardes para que sus hermanos le hicieran un poco de compañía.

En fin.

ELLA ACABA CON ELLA

Ella tenía cincuenta años cuando heredó el antiguo piso de sus padres, situado en el casco antiguo de la ciudad y donde había vivido hasta que decidiera independizarse, hacía ya veinte años. Al principio pensó en alquilarlo o en venderlo, pero después empezó a considerar la idea de trasladarse a aquel lugar querido y detestado a la vez y, por idénticas razones, le parecía que aquella decisión podría reconciliarla consigo misma, y con su historia, y de ese modo sería capaz de afrontar la madurez sin grandes desacuerdos, contemplando la vida con naturalidad, sin fe, pero también sin esa vaga sensación de fracaso bajo cuyo peso había vivido desde que abandonara la casa familiar. Coqueteó con la idea durante algún tiempo, pero no tomó ninguna decisión hasta encontrar argumentos de orden práctico bajo los que encubrir la dimensión sentimental de aquella medida.

El piso tenía un gran salón, de donde nacía un estrecho pasillo a lo largo del cual se repartían las habitaciones. Al fondo había un cuarto sin ventanas, concebido como trastero, en donde ella —de joven— se había refugiado con frecuencia para leer o escuchar música. Se trataba de un lugar secreto, aislado, y comunicado con el exterior a través tan sólo de la pequeña puerta que le servía de acceso. Decidió que rehabilitaría aquel lugar para las mismas funciones que cumplió en su juventud, y tiró todo lo que sus padres habían ido almacenando allí en los últimos años. Después colocó en puntos estratégicos dos lámparas que compensaran la ausencia de luz natural, e instaló su escritorio de estudiante y el moderno equipo de música, recién comprado. Un sillón pequeño, pero cómodo, y algunos objetos que resumían su historia completaron la sobria decoración de aquel espacio.

Se dedicó después a limpiar el salón, sustituyendo los antiguos muebles de sus padres por objetos de línea más simple que eliminaran aquella sensación de ahogo. Tuvo problemas con algunos espejos, pues por un lado le gustaban, pero, por otro, le producían una sensación inquietante aquellas superficies azogadas, en las que el tiempo parecía haber ido dejando un depósito que sugería la existencia de una forma de vida en el lado del reflejo. Finalmente decidió venderlos.

Clausuró después tres habitaciones —la de sus padres entre ellas—, en las que era muy improbable que necesitara entrar, y arregló la cocina, en donde parecía persistir también alguna tenue forma de vida que quizá se había creado a lo largo de los años con los gestos y los pasos y la mirada de su madre sobre aquellos dominios alicatados hasta el techo.

Cuando terminó las reformas que había proyectado, se sentó en el salón y se sintió vacía y ajena a todo aquello. Había violado un espacio que ya no era suyo para sentirlo propio, y ahora tenía la impresión de que nunca llegaría a acostumbrarse del todo a aquella casa cuyas puertas parecían abrirse a otra persona y cuyas paredes —especialmente las del cuarto de baño y las de la cocina— exudaban una ligera humedad que sugería algún tipo de actividad orgánica en el interior de los muros.

En cualquier caso, decidió combatir la aversión con disciplina y, así, procuraba cocinar todos los días para que la casa se fuera impregnando de sus propios olores. Salía poco, pues no ignoraba que aquellos espacios rechazarían su amistad si no se sentían habitados de forma permanente.

Una vez que hubo dominado el salón y la cocina, comenzó a recorrer con método el pasillo, que era una de las zonas más irreductibles de la vivienda. Y el pasillo la condujo al cuarto sin ventanas que había habilitado para obtener mayores dosis de soledad o refugio que en el resto de la casa. Se retiraba a esta habitación a eso de media tarde, cuando la luz dudaba entre persistir o acabarse, y ponía su música preferida al tiempo que leía un libro o se perdía en ensoñaciones que la trasladaban sin orden ni diseño a una u otra época de su vida. Aquel cuarto, al que se accedía a través de una pequeña puerta situada al fondo del pasillo, acabó por convertirse en una burbuja en cuyo interior podía viajar a salvo de las acechanzas de la vida.

Así, pasaron algunos meses y la obsesión por el cuarto sin ventanas continuó creciendo a expensas de la zona más débil de ella, al tiempo que disminuía su interés por lo exterior. Y si bien es cierto que su carácter práctico y su educación la libraron de caer en el abandono de todo cuanto no guardara relación con aquel cuarto, también es verdad que el agujero aquel reclamaba su presencia de un modo cada vez más apremiante. Le bastaba colocarse en la cabecera del pasillo para sentir que una fuerza invisible, pero cierta, tiraba de ella como un centro magnético conduciéndola dócilmente por el corredor hacia su oscuro destino.

Se sentaba en el sillón y oía músicas antiguas y leía antiguos libros o miraba fotografías que iban poco a poco levantando su propia imagen, la imagen de una mujer dura, aunque frágil, cuya vida podría haber sido distinta a lo que fue. Y así, entre ensueño y ensueño —sabiamente guiada por la música y por los objetos de otro tiempo—, nació en aquella habitación un reflejo de sí misma que al principio parecía amistoso, pero que al poco de formado comenzó a mostrar un lado hostil, independiente y acusador.

Intentó clausurar aquel espacio, vivir como si no existiera, pero apenas entraba en el pasillo sentía su poder de atracción y caminaba hacia él, hacia el encuentro consigo misma, como guiada por unos intereses ajenos, como si sus piernas, su mirada, su cuerpo, fueran manejados desde un centro de operaciones exterior a ella. Cuando aceptó que se trataba de una lucha desigual, se dejó vencer, pero en seguida su carácter práctico le advirtió de que aquello conducía a la locura. Se vio a sí misma envejeciendo en aquel cuarto, manteniendo conversaciones interminables con lo que no pudo ser, haciéndose cargo de una vida paralela a la suya que vampirizaría todas sus energías, y el terror a esa imagen consiguió de nuevo levantarla del sillón y hacerla acudir a las zonas más templadas y luminosas de la vivienda.

Poco a poco, gracias de nuevo a sus antiguos reflejos disciplinarios, fue espaciando las visitas a aquel agujero, que era como el núcleo de una conciencia cuyos dictados parecían concernirla, y perdió el antiguo hábito de acudir a él. Sin embargo, la otra —llena de ausencia— no paraba de gritar desde aquel cuarto sin ventanas, de manera que sus gritos traspasaban la pequeña puerta y galopaban —ciegos— por el pasillo en dirección al salón. Pensó que aquello era otra forma de locura y decidió entonces clausurar con ladrillos el hueco de la puerta para dejar emparedado allí todo lo antiguo junto al reflejo de ella, junto a la otra, que quería crecer a cualquier precio ignorando que sólo se crece hacia la muerte.

Consiguió la cantidad de ladrillos y cemento necesarios para la operación y se puso a trabajar un domingo por la tarde. En apenas tres horas consiguió levantar un sólido muro que pareció borrar la existencia del cuarto. Todavía con la paleta en la mano, un poco sudorosa, observó los contornos de su obra y repasó las pequeñas imperfecciones de los bordes. Después, agotada por el esfuerzo, se sentó y se quedó dormida.

Se despertó al poco, como sobresaltada por algo que estaba a punto de suceder, y el terror entró como una garra en su estómago porque advirtió que se encontraba en el lado del muro que se había propuesto clausurar. Para defenderse de aquella visión pensó que quizá seguía durmiendo o que tal vez ella era la otra, pero no le dio tiempo a averiguarlo porque un dolor desconocido por su intensidad le mordió el pecho, a la altura del corazón, y cayó muerta sobre el suelo, junto a aquel muro que debería haber dividido su existencia y que ahora separaba dos espacios asimétricos y sin significado.

En fin.

Este libro
se terminó de imprimir
en los Talleres Gráficos
de Printing Book, S. L.
Móstoles, Madrid (España)
en el mes de enero de 1999

TÍTULOS PUBLICADOS

101. Carmen Posadas
CINCO MOSCAS AZULES
Alfaguara

102. Ángeles Mastretta
MAL DE AMORES
Alfaguara

103. Norberto Bobbio
DERECHA E IZQUIERDA
Taurus

104. William Boyd
BARRAS Y ESTRELLAS
Alfaguara

105. Max Aub
CAMPO FRANCÉS
Alfaguara

106. Juan Pedro Aparicio
MALO EN MADRID
Alfaguara

107. Mario Benedetti
CON Y SIN NOSTALGIA
Alfaguara

108. Javier Marías
TODAS LAS ALMAS
Alfaguara

109. José Manuel Caballero Bonald
ÁGATA OJO DE GATO
Alfaguara

110. Max Aub
CAMPO DEL MORO
Alfaguara

111. Julio Cortázar
BESTIARIO
Alfaguara

112. Camilo José Cela
LA COLMENA
Alfaguara

113. Manuel Rivas
EN SALVAJE COMPAÑÍA
Alfaguara

114. Maruja Torres
UN CALOR TAN CERCANO
Alfaguara

115. Luis Manuel Ruiz
EL CRITERIO DE LAS MOSCAS
Alfaguara

116. Javier Marías
CUANDO FUI MORTAL
Alfaguara

117. José María Merino
CUENTOS DEL REINO SECRETO
Alfaguara

118. Juan José Millás
EL DESORDEN DE TU NOMBRE
Alfaguara

119. Miguel de Unamuno
PAZ EN LA GUERRA
Alfaguara (Biblioteca del 98)

120. Miguel García-Posada (ed.)
POETAS DEL 98
Alfaguara (Biblioteca del 98)

121. Pío Baroja
EL MAYORAZGO DE LABRAZ
Alfaguara (Biblioteca del 98)

122. Rubén Darío
ESPAÑA CONTEMPORÁNEA
Alfaguara (Biblioteca del 98)

123. Azorín
VALENCIA. MADRID
Alfaguara (Biblioteca del 98)

124. Juan Goytisolo
CRÓNICAS SARRACINAS
Alfaguara

125. Max Aub
CAMPO DE LOS ALMENDROS
Alfaguara